U0110066

篇篇起舞

——文學／文化評論　朱嘉雯　著

乘著文學與文化的五彩雙翼，遨遊在飲食、
繪畫、音樂、香氛與愛情的峰巒岫谷間。

序・文學圓舞曲

當我們沉浸在溫柔芬芳的圓舞曲旋律中，躍動的心靈隨著音樂的巧妙對比與活潑變化，逕自在冥想時默念起 Bom Cha Cha 的節奏。這種發源於阿爾卑斯山區的奧地利民間樂風，後來進入到維也納城市，逐漸帶動起音樂家們的作曲風潮。

三拍子的華爾滋舞風，第一拍是強拍，當它順滑至第二拍時，瞬間變為活躍輕靈的斷奏，接下來第三拍又是蜻蜓點水式的跳奏。因為重要的作曲家們，如：莫札特、貝多芬、舒伯特、布拉姆斯、蕭邦等人，都在這種輕音樂的形式上，做過很深刻的藝術作品。因此世人對於圓舞曲的欣賞，往往橫跨嚴肅與通俗的橋樑，聆聽那越界的美學風光。

這本書是我近來耽溺在閱讀和寫作等美好時光中的一點浮光掠影。因為篇幅有長有短，行文風格介於嚴肅與輕鬆之間，因此將章節目次編輯成音樂中的圓舞曲形式。前三章的每一章都以長—短—短的形式，模擬華爾滋舞蹈的活躍節奏。同一章裡的三段式文字，從長文順滑至短文時，內在肌理的貫連，又像是五線譜中的圓滑線，將兩段文章順接成一種承繼的思考脈絡，然後再輕靈地滑向第三篇。

如此，各篇文章可串聯而支撐起主題意識，又可分別被視為完整而自由的獨唱曲。同時，第一到第三「樂章」之間的內容又彷彿變奏曲或迴旋曲的形式，其間的主題不斷地環繞在文學家的感官之

旅與現實旅程中的自我追尋，儘管討論的對象包含古今中外的作家及其作品，然而我所關心的無非是文學之美。

主文之前，還有一篇名為前奏曲的短文，也是我近年講授《浮士德》的心得，寫作的模式有點類似巴洛克時期的展技曲，或幻想創意曲，形式也類似傳統小說中的楔子，雖可獨立觀之，然文中的思路仍與其後的主文模式形成相互對位的關係。及至本書的終章，我選用了三篇等量的專文，分別探討台灣文壇大老葉石濤的地方記憶，兩岸三地有關白蛇故事的文本改寫，以及對國學大師章太炎在日據時期來到臺灣的評述。希望它們看起來就像是，使整部樂曲結束在雄壯迴響的三和弦強音之中。

感謝蔡登山先生的提攜。希望這本書帶給讀者耳目一新的感受。

朱嘉雯

二○○九年夏

目　次

003 ／ *序・文學圓舞曲*

007 ／ *前奏曲*

009 ／ 噓！魔鬼啊！
　　　　──德國文學的「低音部」

013 ／ **第一樂章**

015／香氛・美點・愛情
　　　　──賈寶玉的感官之旅

032／舌尖上如夢般的愛戀
　　　　──古斯塔夫・索賓《尋找松露的人》

036／午夜的微醺
　　　　──向田邦子《夜中の薔薇》

041 ／ **第二樂章**

043／藝術家的美麗病
　　　　──從《人間世》到《生活的藝術》

060／品味孤獨
　　——鍾文音《三城三戀》

064／兩性對話？
　　——散文與小說過招

067 ／ *第三樂章*

069／炎見麒麟出東壁
　　——杜工部題畫詩中的駿馬藝術

090／未成小隱隱中隱
　　——文人的玩繹與仕隱

094／詞藻警人，餘香滿口
　　——《紅樓夢》的語言藝術

099 ／ *第四樂章*

101／向昔日邁進
　　——葉石濤的地方回憶與情慾書寫

120／奏不完的弦外之音
　　——白蛇故事的改寫

137／時代狂潮中飄蕩的靈魂
　　——章太炎在臺灣

前奏曲

噓！魔鬼啊！

——德國文學的「低音部」

定音鼓聲陣陣襲來，自遙遠的彼端凌空穿越而至，直接震動著我們的心。隨即，一場搖撼古今時空的巨勢，席捲了風狂雨驟的打擊樂，蓄積能量在屬於這世界每一部份的一部份裡。那是在我們靈魂深處騷動的羽翼，斂集了活動和慾念的咒語，是魔鬼，是幽靈，是我們前進摸索自己的道路時，漫遊和陶醉在千姿百態的溫柔裡，因壓抑而無法消沉的熾焰。

西方文學界一直流傳者與魔鬼打交道，人類出賣了自己靈魂的古老傳說。那個從自然曠野踱回圓頂書齋的博士浮士德，一登場已是個在知識堆中打滾了一輩子，此時徒留幻影深深的虛無老人。

I know nothing！I see nothing！Nothing！Nothing……。

如詠嘆調裡的迴旋，卻逐漸蓄積聲勢，直到成為粗暴激狂的吶喊，在自己和正在加速老化的自己之間，緊張、疑慮地對抗與辯論。暖爐邊的長毛狗發出哼哼的獸聲，那不是浮士德內心趨向的音調，卻是他生命燥渴時，幻想出的毒液。長毛狗不斷地伸長加大，最後竟昂然地站立起來。它膨脹得像一隻巨象，充滿了整個房間，碰！瞬間卻又爆破為薄霧輕煙。

霧漸漸散去，魔鬼梅菲斯特出現了。那竟然只是一個虔誠守禮的書生！浮士德問：「怎麼稱呼？」梅菲斯特說：「這是個無聊的問題，先生一向輕視語言，強調探索事物的本質。我是否定的精靈，

我擁抱廣闊無邊的虛無。既然一切到頭都要幻滅，不如一開始就不創生。我所說的只是少許的真理，而人類這愚蠢的小宇宙，卻把自己視為全體。光明所在的地方造就了美麗，而美麗阻礙了它和週遭的進路，美不可久恃，只有『毀滅』，在終點向人們招手。」

邪惡的魅影，是人性幽暗背景裡，一個非常高明而龐大的勢力，它強烈暗示著在精神心靈向上攀升時，隨時可能急速下墮的重力，那是人性深處潛藏的危機。在許多人跨過中年的門檻，進入初老的時節，那股重力使我們對生命感到不滿、疲憊、顫慄與驚悸。許多版本的《浮士德》歌劇，有時越過了地獄男低音的合唱藉以呈現魔鬼的本質，卻在渴望得到安慰仍永不得赦免的心中，響起了管風琴樂音，逐漸強化生命終點處人人無可迴避的審判和聖詠。白遼士用重重的「天譴」，撼搖人們的痛楚，目的也在治療他自己的愛情傷痕。李斯特以詩心引領音樂，用銅管樂與主旋律的聲聲遞移，開拓了交響詩的新領域。不善於處理性格衝突與極度張力的舒曼，只有在和諧如情歌的天籟世界裡，與克拉拉一同找尋短暫的安寧與幸福。馬勒，則是在「千人」大合唱中，以浮士德的男性內在訴說著對妻子的傷心情懷。

低音的本質，是從人們的耳畔傳進虛空中發出的深刻共鳴。它不響亮，卻是純粹的力道，也是很深的震動，在足夠的距離內，穿透漫漫人生。有時肉體的愛和它緊密相連，卻又無法相容。它無時或停，使我們在某些個清晨因疑懼而醒來，那也只是淚流沾襟的苦。

「低音大提琴是唯一距離越遠聽得越清楚的樂器，這是個麻煩。」距離歌德兩百年後的另一位德文作家徐四金，在他的《低音大提琴》裡如是說。人們在萬有之上，接近永恆的境地裡，出於色慾的無盡驅使，追求高空的火花和美妙的雲雀，那是一切嚮往藝術

的道理，也是絕對生命的盡情展現。可是美好的事物容易絕跡，因為它們與時光列車突然相撞。時光，將一切變得低微渺小。所有令人歡愉雀躍的傳情美目，與天天年年更換的新綠林葉，都可能在轉瞬間化為腐燼。人們努力追求的所有高尚精神，也會像劃出天際的流星，水銀般地成為流散在時間老人指縫間的逝水。

西元前一世紀的某個月夜裡，戀上了施洗者約翰的莎樂美，初次面對人性底層來勢洶洶、銳不可當的慾望。美麗的公主在蓄水池裡高喊：「這底下是多麼的黑暗啊！生活在如此黑暗的地獄裡一定很可怕，就如同生活在墓穴裡一般……。」這時，李查‧史特勞斯的獨幕德語歌劇裡，五聲部的低音提琴組曲，使恐怖的氣氛縈繞在劇場的每個角落，即使是演奏者本人，也不禁汗毛直豎！

這個擁有太多愛情的女人，在層層退去身上的七重薄紗之後，低頭熱吻銀盤中約翰頭顱上的唇，希律王不寒而慄，一共五個樂章的低音提琴樂聲，迫使人喚醒生命底層的魔鬼，那些無可迴避的捫心扣問，簡直令人不知所措，我們因而無法再面對自己的生活。另一位擁有太多愛情的男人，是當代德語作家威廉‧格納齊諾（Wihelm Genazino），他在小說《擁有太多愛情的男人》裡，讓小說男主人公聽到左手邊一個小孩對媽媽說：「每次上音樂課都遲到！不能再這樣下去了！」小孩與媽媽走過身後，男人徒然自問：「孩子的生活都沒辦法繼續這樣下去了！但那種繼續下去的生活又在哪裡？」如果我們曾在貝多芬的交響樂或者華格納的歌劇樂聲中，試圖跟著低音部哼唱，也許就能體會作家藉由男主角耳畔的迴音，像搭乘通往地下樓層的電梯一樣，層層下探那現代人不願正視的生活真相。

《擁有太多愛情的男人》偏偏是一位文明末世論者，他的工作包含了隨時等待著戲劇化的氣氛出現，好寫下論文或講稿的第一

章。雖然擁有愛情，擁抱女人，經常滿懷著美好的回憶，卻不一定能在高興的情緒中孜孜不倦地工作。也許快樂和工作是牴觸的，「太多的工作樂趣導致文化沒落」，這句話本身就該納入文明末世論的精闢講詞中，它是個詩意化的命題，以精練的字句穿透世俗的價值表相，避開了文明美麗的天使合聲，屏息凝神地低空飛過我們的心房，撞擊出人們生命底層的巨大共鳴樂章。

第一樂章

香氛・美點・愛情
——賈寶玉的感官之旅

　　電影「濃情巧克力」（Chocolat）的女主角薇安羅雪帶著女兒在一座景色優美的法國鄉間小鎮，開了一家可愛的巧克力店。香濃綿密、口感紛呈的巧克力，通往人們內心深處的欲望之宮，填補了小鎮上每一個因長期壓抑而逐漸僵化虛空的靈魂。枯寂的生命一旦點染了青春與愛慾的氣息，寂寥的生活也會隨之翩然起舞，發生令人醺然迷炫的變化。於是，精巧的甜品意外地掀起了保守小鎮上新舊價值觀的衝突，在鎮民與吉普賽人的緊張對峙中，滑順而纏綿的口感分明是一種價值取向，誘惑著人們擺脫束縛，重新回到情人的懷抱……。

　　口感甜美的飲食在積年穩定枯涸的文化與政治水澤裡，輕輕地攪揉起溫柔的漣漪，使那潛伏在靜止表情下不安寧的感情急流，漸漸地由心頭移上了眉梢，有時雖僅帶來意緒的煩擾，偶爾也竟會導致無可收拾的波瀾。

一、玉露雕酥的豐美意象

　　在《紅樓夢》裡，由賈寶玉轉贈出去的許多樣點心，也都帶有少許魔幻寫實的能量，在女孩兒們的身上悄悄地灑上了一點愛情的夢幻金粉，那金粉的微粒也就折射出寶玉的眼中情，心中意。寶玉在女孩子身上所下的工夫，也算是他對於禮教僵化的大環境的一種周旋姿態。他曾經將兩道皇宮御用的點心——糖蒸酥酪和玫瑰清露

15

——轉送給身分地位並不相稱的女奴——花襲人與柳五兒。寶玉志在不使佳人落魄、花柳無顏，而佳人也就當得起這樣的餽贈，即使在乳母與母親為首的巨大家族壓制下，怡紅公子也一應承當，面不改色。

《紅樓夢》第十九回的前半回目是「情切切良宵花解語」，這朵善解人意、會說話的花，現正在自己的家裡，為了母兄說要贖她回去的話而哭鬧著：「當日原是你們沒飯吃，就剩我還值幾兩銀子，若不叫你們賣，沒有個看著老子娘餓死的理。如今幸而賣到這個地方，吃穿和主子一樣，又不朝打暮罵。況且如今爹雖沒了，你們卻又整理得家成業就，復了元氣。若果然還艱難，把我贖出來，再多淘澄幾個錢，也還罷了，其實又不難了。這會子又贖我做什麼？權當我死了，再不必起贖我的念頭。」為此，寶玉看見襲人的時候，正是「兩眼微紅，粉光融滑」，楚楚可人的模樣。可是這朵解語花回到了賈府卻又換了一付口吻：「我今兒聽見我媽和哥哥商議，教我再耐煩一年，明年他們上來，就贖我出去的呢。」聽得寶玉越發怔了，既急又氣，淚痕滿面：「只求你們同看著我，守著我，等我有一日化成了飛灰，——飛灰還不好，灰還有形有跡，還有知識。——等我化成一股輕煙，風一吹便散了的時候，你們也管不得我，我也顧不得你們的時候，那時憑我去，我也憑你們愛那裡去就去了。」襲人忙握他的嘴：「正為勸你這些，倒更說得狠了。」寶玉道：「改了，還有什麼？」於是襲人接二連三地要求寶玉起碼在老爺面前做出個喜讀書的樣子，不要再毀僧謗道、調脂弄粉，也不許再吃人嘴上的胭脂，還有改掉那愛紅的毛病兒……。「都改，都改。再有什麼，快說。」「你若果都依了，便拿八人大轎也抬不出我去了。」

襲人深知寶玉放縱恣情的一面，所以使用騙詞溫言軟語探其情、壓其氣，徐徐導引，使他慢慢地轉化性情。她的話就像早晨元

妃御賜的蓋碗蒸糖酥酪。濃稠滑膩的奶酪，教人吃在嘴裡甜在心裡，使情意猶如一朵初綻的蓓蕾，經歷了雨絲風片的催化，逐漸開放成正大仙容的嬌姿。寶玉讓柔酥的欲念圍攻得淹沒了胸襟，早在不知不覺中心甘情願地說出願為她改變自己的一切。只是襲人的勸說徒然彰顯了她不懂寶玉。賈寶玉之所以不近人情，就在他「天分中生成的一段癡情」，這「意淫」二字只可意會不能言傳，也就是因為這兩個字，他成為獨一無二的閨閣良友，卻是世道中百口嘲謗，萬目睚眥的怪胎。襲人只希望他改悟前情，留意於孔孟之間，委身於經濟之道。而寶玉之妙更在於他對襲人立下誓言之後，隨即釋懷，在同一回的後半部「意綿綿靜日玉生香」裡，對林黛玉說盡了世俗不容的傻話、童話，卻是出自本性的情話。

寶玉和襲人的互相辜負，也是情愛的一種，而且更接近於現實人生的夫妻常態。他們的相愛多是在於感官和欲望的層次，像是第五回，賈寶玉夢中接受了警幻密授的雲雨之事，恍恍惚惚間在可卿的懷裡柔情繾綣，軟語溫存，卻忽然見到荊榛遍地，狼虎同群，不久即將墮入萬丈迷津，嚇得失聲叫喊，夢境外的襲人立刻上來摟住：「寶玉別怕！」

（一）金盤點酥山

酥酪之美，在於它予人柔軟綿密如肌膚之親的觸感，寶玉夢裡的可卿與夢外的襲人，帶給他同樣美好的觸感。頗像一場春雨，潤滑細膩地降臨在身體的每一部分，輕輕地撫慰著身心，唐朝詩人韓愈有：「天街小雨潤如酥」的名句，想像詩人在春日皇城中感受到的雨露恩澤，如同一場春情蕩漾的綿綿細雨。事實上，「點酥」一直是隋唐以來閨中的獨門技藝，五代詞人和凝在所做的一系列《宮詞》裡，揭開了女性的肌膚、儀態與酥酪之間的親密關係：「紅

17

酥點得香山小，卷上珠簾日未西。」「誰人築損珊瑚架，仔細看時
認瀝酥。」南北朝時期的農業科學家，同時也是高陽郡（今山東
一帶）太守賈思勰，曾在《齊民要術》中說明了中國人的「做酪
法」。原來每年三月末，四月初，正是春光無限。牛羊吃飽了草之
後，酪農便可準備做酪了，這一項工作在農場裡持續到八月末。
從九月一日起，天寒草枯使牛羊變瘦，乳量銳減，這才結束了一
年的抨酥業。

　　《齊民要術‧卷第六》提到酥酪有三種，每天日暮時分，放牧
的牛羊回家後，讓小羊跟著母羊，如此乳量就會增多。用緩火將鍋
子裡的羊奶慢慢地煎煮，火急則容易焦底，而且也不需要圓攪或口
吹，等它漸漸收乾後，略去上面的一層乳皮，再以生絹做成的袋子
過濾，然後直接放入瓶中，等它發酵，第二天早上便成為甜酪。如
果不等發酵而持續加溫，並不斷地略去上層的乳皮，甚至用稍大的
火快炒一會兒，直到它收縮成像梨子一般大小的酪團時，再拿到太
陽下曝曬。這樣酪團可經年不壞，提供即將遠行的人，才堪方便，
這便是乾酪。

　　在賈思勰的年代裡，人們拿一團乾酪像刀削麵一樣地削入粥、
湯汁之中，其美味的程度並不亞於湯麵，只是宮廷吃法則更講究一
些，因而有所謂的「抨酥」。他們將一把榆木作成的杷子，形狀頗
像圓木勺，只是圓匙處必須剜出四個洞。將木杷伸進預熱過的甜酪
裡急打，直到牛奶浮成鮮奶油為止。奶油就是這樣地從牛、羊、馬，
甚至於駱駝的乳汁裡提煉出來的菁華，它呈現出自然潤澤的瑩白，
有詩為證，唐人王泠然的〈蘇合山賦〉云：

> 隱映陸離，疑雪岫之座窺；乍輝乍煥，其色璀璨，灼爍皓旴，
> 與玉台兮相亂。

「蘇合山」是經過冷凍後裝飾而成的古典式奶油裱花，詩中說明雪白的奶油做成了險峻的山形，在賓客們的眼瞳中反映出晶瑩的光輝，像雪山，又像是玉鏡台。而擠奶油做出各種造型的工作則落在擁有纖纖玉指的女性身上：

> 素手淋灕而象起，玄冬涸冱而體成。足同夫霜結露凝，不異乎水積冰生。盤根趾於一器，擬崖蕚於四明。

女性將奶油握在手裡，運用勁道淋灕滴點出各式各樣的酥山，在唐代稱之為「滴酥」或「瀝酥」（亦作蘇），製作過程中還加入了蔗漿或蜜，於是人們為了這鬆鬆軟軟、甜甜涼涼的口感而著迷了。

> 吮其味則峰巒入口，玩其象則瓊瑤在顏。隨玉箸而必進，非固非絺；觸皓齒而便消，是津是潤。倘君子之留賞，其捐軀而自徇。

唐人用筷子夾起美玉般的濃稠的酥酪，入口即化，既甜蜜又滑膩，如果有人做這道美食以饗賓客，為了這極大的享受，死了也甘心。王泠然出名的愛官與愛女人，是載於史籍的（《全唐詩》、《新唐書》及《唐摭言》），因此為了蘇合山而欲仙欲死的理由，恐怕還有一層來自對於女性的幻想，五代詞人和凝的〈春光好〉可以解釋這層幻念：

> 紗窗暖，畫屏閑。鬢雲鬟。睡起四肢無力，半春間。玉指剪裁羅勝，金盤點綴酥山。窺宋深心無限事，小眉彎。

春天剛過半，美人睡起慵懶無力地倚在紗窗後、畫屏間，雪白的玉手剪出彩色的紙花，妝點著金盤上的一座酥山，心底的秘密，

「生怕離懷別苦，多少事，欲說還休。」可能都與這座金盤點酥山，以及即將展開的宴會有關。《新唐書》同時提到大臣拜官之初，獻食於帝王，其中就有幾樣奶酪點心，可知雪樣的酥酪本身一直閃爍著皇室御用的光采。而這道象徵宮廷女性潤白如霜、華麗氣派的食品，在歷代詩人眼中早已是名花的化身。唐代王建形容嬌嫩凝豔的白牡丹為：「月光裁不得，蘇合點難勝。」皮日休詠白蓮則云：「向日但疑酥滴水，含風渾訝雪生香。」於是，糖蒸酥酪白雪生香的意象就這樣一步步與女性「不融酥、渾如醉」，「唯有春風獨自扶」的慵懶體態綰合成不分彼此的一體了，其中當然也寄托了多少男性詩人對性感的遐想。《紅樓夢》第二十八回寫寶釵左腕上籠著紅麝串，見寶玉問她，少不得要褪下來給寶玉瞧瞧，只是她生得肌膚豐澤，一時卻褪不下來，寶玉在旁看著雪白的胳膊，不覺動了心，忽然想起金玉良緣的事來，再看看寶釵臉若銀盆，眼同水杏，唇不點而含丹，眉不畫而橫翠……，這樣的嫵媚風流，讓寶玉不覺又呆了。薛寶釵豐潤凝香的美麗體態，在歷史上可溯至楊玉環。

　　李白曾以三首〈清平調〉將牡丹與楊貴妃交織成一幅錦繡笑靨，君王笑看名花與傾國，最終欣賞的還是妃子的紅豔與凝香，以及雲雨巫山的無限暢美。楊妃作為玄宗賞玩的對象，自然也就蒙受君主的恩澤，於是沉香亭北春風吹拂的綺麗豔情，演成了一場千古以來最為風流富貴、露濕花濃的感官盛會。《紅樓夢》第六十三回眾女兒為賈寶玉慶生的一場「夜宴」，富泰的薛寶釵抽到的花籤上畫的正是一枝牡丹。那是閨閣中精緻的遊戲，也是曹雪芹設下的人生讖語。話說晴雯拿了一個竹雕的籤筒來，裡面裝著象牙花名籤子，搖了一搖，放在當中。又取過骰子來，盛在盒內，搖一搖揭開一看，是六點，數至寶釵。寶釵笑著說：「不知抓出個什麼來。」說著伸手抽出一籤，大家一看，只見籤上畫著一枝牡

丹，旁邊寫著「豔冠群芳」，下面又鐫的一行極富詩意的小字：「任是無情也動人」，於是寶釵依從籤上指示，以群芳之冠可隨意命人詩詞雅謔，或吟唱新曲一支以為賀。眾人也都笑道：「巧得很！妳原也配牡丹花。」只是寶玉卻又傻了，拿著籤反覆沉吟，總還是無言的禮讚。

　　其實早在第二十七回，作者已經明白地寫道滴翠亭「楊妃」戲彩蝶，薛寶釵以傾國之姿戲弄著一雙玉色的蝴蝶。牠們大如團扇，一上一下，迎風翩躚，忽起忽落，十分有趣。美人撲著蝶兒玩耍，躡手躡腳一路跟到池邊，隨著一雙蝴蝶高高低低，款款飛舞，自己也不覺玩得香汗淋漓，嬌喘細細。今番這幅「牡丹圖」確實為曹雪芹描繪得生動活潑。而最遲到了宋代，許多繪畫卷軸中都繪有退紅（粉紅）的牡丹造型酥酪。也許是佛像藝術比較容易受到保存與傳世，現存的唐宋時期佛像繪畫中經常出現菩薩隨著佛祖侍立，手中捧著金盤，盤裡正是盛著綠葉襯托的酥酪牡丹。現藏於法國吉美東方美術館的唐代〈供養菩薩立像〉，以及五代〈不空羂索觀音菩薩坐像〉等作品，都呈現了紅酥點出的牡丹圖樣。可知這道出於女性之手，又象徵性感女體的甜點，已經與花中之王牡丹的型制相結合，形成了莊重而又嫵媚的豐美意象。《紅樓夢》裡秦可卿閨房中的「海棠春睡」正是一幅展現楊貴妃慵懶姿態的畫軸，它與賞賜襲人的蒸糖酥酪，以及香汗淋漓、嬌喘細細的薛寶釵複合成重重性慾的化身。因而形成寶玉眼中心中的性感女神，同時也是性愛、性幻想的對象。

　　李清照〈玉樓春〉云：「紅酥肯放瓊苞碎……但見包藏無限意。」酥酪從純白到粉紅，世人對它的賞愛已經又進一步將之與女性粉嫩的肌膚聯想成一體。在雲鈿花紋的淺薄羅紗衣衫下，若隱若現、溫潤瑩潔的前胸與雙肩，詩人們曾經以為看到的是清麗的湖面上映照

著淡淡的霞影，這淺柔的色澤又宛如退紅酥酪，柔膩而逗引人浮想連翩。也是在宋代，陶穀的《清異錄》記載著這冰涼的奶油甜點，添加了緋紅色彩而經過雕琢，便能夠在皇家宴會中受到矚目，它的另外一個名字正是「貴妃紅」。

（二）愛情的香濃滋味

　　早在酥酪浸染成粉紅色之前，國人已經為它的皎潔賦彩。辛棄疾的〈菩薩蠻〉：「香浮乳酪玻璃碗，年年醉裡嘗新慣。」玻璃、琉璃、水晶等手工藝術的發展，使酥酪離開了金盤，被盛進透亮晶瑩的器皿中，距離我們現代人對冰淇淋的享用樂趣彷彿又趨近了一步。然而《紅樓夢》裡的賈寶玉如果只是個貪戀「冰淇淋」的鬚眉濁物，那就當不起警幻的推崇了。寶玉對於意象豐潤如紅酥一般的女子一往情深，也是他愛情生活的一維面向，前身可追索至唐人傳奇〈崑崙奴〉與〈李娃傳〉。前者為蔣防的作品，敘述男主角崔生奉父命拜謁當朝的一品勳臣。沒想到大官命紅衣家妓將金碗裡的去核新鮮櫻桃淋上甜乳酪，一口一口地餵給崔生，崔生紅了臉，紅綃女則被他的單純逗笑了。崔生從此忘不了紅綃，少男的情愫在一碗紅櫻酥酪裡發酵。往後他們在奇異的武俠世界裡冒險，在崑崙奴異國情調的神秘魔毯中享受愛情，那碗甜蜜的甘酪櫻桃何嘗不是始作俑者？

　　而白行簡的〈李娃傳〉則告訴我們，愛情的浪漫國度裡也有責任與義務。《紅樓夢》第三十四回，賈寶玉為了蔣玉菡和金釧遭受父親的一頓笞刑，當晚第一個來見他的是薛寶釵。她不似林黛玉眼中擁有無數晶瑩欲滴的淚明珠，寶釵則是手裡托著一丸藥，走進來向襲人說道：「晚上把這藥用酒研開，替他敷上，把那瘀血的熱毒散開，可以就好了。」唐代的李娃見到淪為乞兒的滎陽生「枯瘠疥

22

厲，殆非人狀」，心中十分感傷，於是抱著他的脖頸，以繡襦擁他回到西廂，然後為他沐浴，餵食湯粥，並且慢慢地給他酥乳，使他的五臟六腑得到潤澤……。漸漸地「殆非人狀」的滎陽生又活過來了。繼而上登甲科，聲振禮闈，男女主角從此過著幸福快樂的生活。寶玉的挨打據茗煙的臆測是出於薛蟠的口舌風波，那是最讓薛寶釵過意不去的事，這次賈政氣極了，喝命家人將寶玉「堵起嘴來，著實打死！」小廝們不敢違，賈政卻還嫌打得輕，「一腳踢開掌板的，自己奪過板子來，狠命的又打了十幾下」，還要拿繩來勒死。

滎陽公在西杏園訓子，則更加兇狠：「去其衣服，以馬鞭鞭之數百。生不勝其苦而斃。父棄之而去。」這場為了平康東門鳴珂曲的美麗佳人所引發的父子反目，和賈寶玉為了琪官、金釧而遭父親毒打的理由如出一轍。寶玉聲稱：「我便為這些人死了，也是情願的。」他們為美人死過一次，又在美人的手裡重獲新生。愛情在人們的心中留下了不尋常的印象，使人通過它而突顯了生命中可貴的本質。英國十八世紀的浪漫小說家珍・奧斯汀，在她的名著裡留下震古鑠今的愛情佳言：

> Is not general incivility the very essence of love?
>
> （寧為一人而得罪眾人，難道不是愛情最可貴處？）

法國現代小說大家普魯斯特（Marcel Proust），曾在《追憶似水年華》裡提到一種貝殼形狀的瑪德蘭點心餅。他在小圓餅的牽引下，回憶似潮水一般，止不住地排山倒海而來，將生命中的不同時空縮結於一處，彷彿合成的人生，重重影像再現交疊，「就在混雜著圓餅屑的那一口茶觸及上顎時，我顫抖了，一面專注地感知發生在我身上非比尋常的事情。一種美妙的樂趣向我襲來……我感覺到

它和茶的味道、小餅的味道有關聯。可是那歡樂超過那種滋味，也可能不屬於同樣的性質。它來自何方？」這道「肥肥的，很感官」的瑪德蘭蛋糕（les Petits Madeleines）是用麵粉、奶油、雞蛋、砂糖，以及蜂蜜與鹽調製成原料，再放入貝殼狀的模型裡，高溫烘烤而成。它的模樣不僅可愛，而且性感，是普魯斯特幾經改易後才定稿的特殊象徵意義的奶油甜點。書中將它描繪成「小小的，圓嘟嘟的」，使人聯想起義大利文藝復興全盛時期的名畫家波提切利的〈維納斯的誕生〉。這位從海上泡沫裡誕生的亭亭少女，擁有雪白肌膚和金黃頭髮，不需打扮即美豔無比，與薛寶釵「唇不點而含丹，眉不畫而橫翠」的天然美神似。她是乘著貝殼降臨的愛與美的女神。而貝殼狀的瑪德蘭發音又很接近《聖經》故事裡從良的妓女「抹大拉的瑪利亞」。李娃是從良的妓女，蔣玉菡當然也希望藉助寶玉而從良，卻不料致使寶玉挨打。那些關於奶油甜心的愛情記事，多少帶有既神聖又褻瀆的複雜情懷。

二、天香花露的多層疊影

普魯斯特不但要使事物的表面在文字中重現，而且還要試圖超越它。因為真正的景象不在表面輪廓，而是那些與回憶有關的情景。於是他在創造的過程中，運用了感情記憶的方式捕捉到那些與過去相關聯，並足以暗示往日情愫的事物。在《斯萬的一段戀情》中有一節關於「畫中美人」的故事。那位酷似波提切利畫中的可愛女孩，同時具有西斯丁教堂壁畫上傑佛拉的無神大眼睛，使得斯萬漸漸地將眼前原本不甚欣賞的女孩視為「一團纖巧美妙的線條之綜合體」。《紅樓夢》裡的主人公也對美人畫情有獨鍾。第十九回當東府裡大擺宴席，唱著「丁郎認父」、「黃伯央大擺陰魂陣」、「孫行者

大鬧天宮」，以及「姜太公斬將封神」等熱鬧戲文時，寶玉簡直被這些鬼神亂出、妖魔畢露的景象攪得不得安寧，於是想起小書房內的一軸美人，畫得傳神，「今日這般熱鬧，想那裡自然無人，那美人也自然是寂寞的，須得我去望慰她一回。」賈寶玉和斯萬都在美學上得到了肯定的理由，然後愛情才得以穩固。柳五兒便如同斯萬的女友歐德特，賈寶玉在她身上看到了一團纖巧美妙的綜合線條，於是確定了她的美麗可貴。

（一）香氛圍繞的情人天堂

五兒是大觀園裡廚娘的小女，年方十六歲，雖然出身低微，卻兼有平兒、襲人、鴛鴦、紫鵑的綜合姿色，又因天生的弱疾，情態上恐怕也大有黛玉之風。故事到了八十回後，某晚五兒聽見寶玉叫人，因而上前伺候，先剪了蠟花，又倒了一鍾茶來給寶玉漱口。「卻因趕忙來的，身上只穿著一件桃紅綾子小襖兒，鬆鬆的挽了一個髻兒。寶玉看時，居然晴雯復生。忽又想起晴雯說的『早知擔了虛名，也就打個正經主意了。』不覺獃獃的呆著，也不接茶。」（《紅樓夢》第一百九回）寶玉以愛惜晴雯的心看得五兒羞紅了雙頰，猶如斯萬以傑特洛的女兒潔佛拉看待歐德特，而晴雯「春睡捧心」的美人姿態又令王夫人聯想起林妹妹。這一組風露清愁的美人像一併疊影到柳五兒的身上，惹起賈寶玉纏綿不絕的情意。她就是當日御用玫瑰清露的真正主人。原來在賈寶玉的嗅覺世界裡，縷縷飄香的氣息是他用顫抖的鼻翼深深地捕捉著花間細緻微妙的菁華，彷彿耳中聽到了不同聲部的交響曲，寶玉眼中的五兒也是心中的黛玉和晴雯，那些清柔芬芳交織融溶的多部和聲，在他的腦中變幻跳躍，其感受是極樂，也是痛苦。

　　《紅樓夢》第三十四回寶玉挨打之後，襲人告訴王夫人，二爺想喝酸梅湯，可是怕積存熱毒，所以給他糖醃的玫瑰滷，其實他卻又不愛吃。王夫人說：「唉呦！你何不早來和我說？前日倒有人送了幾瓶子香露來，原要給他一點子，我怕胡糟蹋了，就沒給。既是他嫌玫瑰膏子吃絮了，把這兩瓶子拿去。一碗水裡，只用挑上一茶匙就香得了不得呢。」只見這「玫瑰清露」用三寸大小的玻璃瓶裝盛，上面螺絲銀蓋，鵝黃的封箋顯示了皇家的尊貴。王夫人了解兒子「糟蹋」的習性，卻不能體會兒子愛幾度慾海浮沉的掙扎。但是玫瑰清露的香氣，恰似一縷芳魂遊走於大觀園的每個角落，即使在晴雯、黛玉身後。第十九回「意綿綿靜日玉生香」，賈寶玉才剛丟開了觸感柔滑，卻又有點嫌膩的酥酪事件，不經意地滑入了黛玉歇午的床上。滿屋內靜悄悄的，寶玉揭起繡線軟簾，進入裡間，只見黛玉睡在那裡，「好妹妹，纔吃了飯，又睡覺！」「我不睏，只略歇歇兒。你且別處去鬧會子再來。」寶玉推著她：「我往哪裡去呢？見了別人就怪膩的。」黛玉將自己的枕頭推給他，自己又再拿了一個枕上，兩人相對躺下。寶玉忽然聞到一股幽香，從黛玉袖中發出，聞之令人「醉魂酥骨」。寶玉一把將黛玉的衣袖拉住，要瞧瞧籠著何物：「這香的氣味奇怪……。」

　　德國作家赫曼・赫塞（Hermann Hesse）在《納西瑟斯與歌德曼》一書中大嘆：「女人與愛情是多麼奇妙啊！一切盡在不言中……她如何表達愛情呢？以她的雙眸，是的，還有她那囈語般的聲音，再加上自肌膚散出一種細微、小心翼翼的香氣，也許是香氣的氛圍吧，讓女人與男人相互渴求對方時，能立刻知道。這很奇妙，像是種細微、奇特的秘密語言。」在《追憶似水年華》裡，普魯斯特也說道：「氣味和芳香像幽靈，卻依然存在，只是更纖弱，卻更有活力。它們是無形的，然而卻能更持久、更充實於天地之間。它們的

存在，是為了追憶，為了等待，為了在一切的廢墟之上，承載巨大的回憶之宮。」

　　為了實現他以香氣寫就的時間哲學，普魯斯特描述了一段初戀與白色山楂花結合的故事。在貢布雷這個小鎮上，馬賽爾一家人的散步路線總是繞遠路避開了斯萬的住宅，直到一個天氣晴朗的日子，大家聽說斯萬一家會離開幾天，所以他們就放心地抄近路穿越鄰家玉米田小徑。落後的馬賽爾沉醉在白色山楂花的美艷柔情之中，那繁密的樹叢在小男孩眼裡幻化為散發香氣的歌德式教堂。然後他在拱頂下與一個棕髮、雀斑的小女孩相遇，馬賽爾無法離開她的黑眼睛，儘管小女孩只留給他一個鄙夷的手勢。從此，馬賽爾分秒不停地夢想著希爾貝特，而他童年的初戀也就與白色山楂花的香氣結下了不解之緣，那氣味與初戀情懷，多少年後依舊在身旁縈繞徘徊。

　　愛戀芳香，有時也與夢境有關，宋朝文人陶穀在《清異錄》中記載了五代名士舒雅製作的一對青紗枕，枕中填入荼蘼、木樨與瑞香三種花瓣，當時還有詩記錄了枕上人夢裡的一場三色繽紛的花雨。恰巧怡紅院裡也有「各色玫瑰芍藥花瓣裝的玉色夾紗新枕頭」，寶玉枕著它或讀書，或閒談，或是不知不覺地入睡，香花的枕芯使夢裡也增添了詩意的清新氣息。寶玉和黛玉的枕上清香，指涉著揮之不去的嗅覺與情愛相互繚繞糾葛的纏綿意境。

　　在西方，徐四金的德文小說《香水》描述一個嗅覺特別敏感的人，他採集各種不同的花草樹木，提煉出歐洲皇室趨之若鶩的頂級香水，小說重新開啟讀者的嗅覺經驗，於此可見一班。其實記憶未曾消失，當寶玉和五兒打開玻璃瓶上的鵝黃籤子與螺絲銀蓋，我們也彷彿嗅到了記憶中的玫瑰花香。在情愛的王國裡，萬物皆拜倒於玫瑰的雍容，它的花瓣與身型能誘惑情人的感官，特別是鼻與唇。

一朵嬌豔自信的玫瑰往往比女性本身更加感性。明清時期的花露，誠如《大清會典則例》所述，是由荷蘭等歐洲國家進獻給宮廷后妃的禮物。西方人將鮮花置於特定器皿中蒸餾，再蒐集出純淨的蒸氣水，而形成了薔薇、茉莉、素馨等各種花露。花露的製作技術傳入中國後，國人在飲食情境上的超凡創意，可以李漁《閑情偶寄》裡的「花露拌飯」為例：「宴客者有時用飯，必較家常所食者稍精。精用何法？曰：使之有香而已矣。予嘗授意小婦，預設花露一盞，俟飯之初熟而澆之，澆過稍閟，拌勻而後入碗。」這一碗薔薇花露飯滿足了我們對明季文士生活美學的窺探。

（二）此平兒非彼瓶兒

回到寶黛二人對著臉兒躺下的時候，寶玉聞到了黛玉身上的奇香，則無疑是寶黛之間，無可言傳的愛情密語。然而黛玉卻又分明看到了寶玉臉上淘澄胭脂膏子時濺上的小紅點。「你又幹這些事了。幹也罷了，必定還要帶出幌子來。就是舅舅看不見，別人看見了，又當作奇怪事新鮮話兒去學舌討好兒。」淘澄胭脂是寶玉喜愛做的事，在《紅樓夢》第四十四回「平兒理妝」一段故事裡，賈寶玉再度為了一個通房丫頭獻上了頂級的尊榮。

> 寶玉忙走至妝臺前將一個宣窯磁盒打開，裡面盛著一排十根玉簪花棒兒，拈了一根，遞與平兒，又笑說道：「這不是鉛粉，這是紫茉莉花種，研碎了，對上料製的。」
> 平兒倒在掌上看時，果見輕白紅香，四樣具美，撲在面上，也容易勻淨，且能潤澤，不像別的粉澀滯。然後看見胭脂也不是一張，卻是一個小小的白玉盒子，裡面盛著一盒，如玫瑰膏子一樣。寶玉笑道：「鋪子裡賣的胭脂不乾淨，顏色也

薄。這是上好的胭脂擰出汁子來，淘澄淨了，配了花露蒸成
的。只要細簪子挑上一點兒，抹在唇上，足夠了，用一點水
化開，抹在手心裡就夠拍臉的了。」

平兒依言妝飾，果然新鮮異常，且又甜香滿頰。

　　原來甜香滿頰的不僅事花露拌飯，還有花露胭脂，賈寶玉對平
兒的盡心是出於對賈璉與鳳姐的不滿，賈璉夫婦是淫樂悅己的俗
人，在感官歡愉的體認上只能停留在低等的層次，不由得使寶玉為
平兒傷心。「理妝」一事顯露賈寶玉對女性純淨心靈的嚮往，他以
奇馥的花香帶來靈幻的美感，建立起有情人之間的鵲橋。如同米
蘭・昆德拉（Milan Kundera）在《生命中不能承受之輕》對芳香的
「輕薄體驗」：「絕對的免於負擔，使得人比空氣還輕、昇騰於高處，
離開了土地，脫離了塵世，變得完全不真實，他的漂泊驛動，就如
同這一切都沒什麼大不了。」這段超現實的心理體驗落實在賈寶玉
的身上，便是對平兒盡心之後，隨著玫瑰香氛飄飄然的欣喜之感：
「寶玉因自來不曾在平兒前盡過心，且平兒又是個極聰明極清俊的
上等女孩兒……今日……竟得在平兒前稍盡片心，也算是今生意想
不到之樂。因歪在床上，怡然自得。」在他的一生中，來自空氣中
無所不在的馨香感官體驗與香濃滑膩的奶香口感，不斷地形成鮮明
而參差的對照，賈寶玉在情、慾之間擺盪游移，生命也像是陷入層
層迴繞的迷宮網住了自己的一片心。也許情慾的流動本身就像一張
廣大而綿密的網，叫人從彼處出來又陷入了此處，終身纏擾，綿綿
無絕。

　　《紅樓夢》裡的平兒在玫瑰香露的妝點下，散發著充滿靈氣的
香氛，她在書中也是個公平、善良而且溫婉的人，只是處處受制於
王熙鳳的淫威；《金瓶梅》裡的瓶兒倒擁有一雙巧手，專能製作醒

醐奶酥。這項絕技成了西門慶六房妻妾中的獨門。李瓶兒能將粉紅、純白兩色冰凍的酥酪繞成兩股交纏在一起的螺旋紋路，從北宋以來，這道從女性手中旋轉出來的雙色螺旋奶酪通稱「泡螺兒」。兩色交纏、勢盡美人之情的甜膩奶酥能使西門慶看在眼裡，含進口裡，隨之產生慾望的遐想。只是這美人也算命苦，終身被刁潑的潘金蓮欺凌。兩部大書裡的瓶／平兒性格命運相近，卻在雙色泡螺與玫瑰胭脂之間，拉開了迥異的美學造型，她們分屬於象徵身體感官與內在冥想的天平兩端，在古典小說的世界裡，也像是春日庭園裡美麗的鞦韆，一來一往，都盪到了極致的美的高度，這也許大致說明了《金瓶梅》與《紅樓夢》塑造女性美的價值分野。

三、芳香冥想與潛意識的對話

《紅樓夢》第十七回賈政等人驗收了大半個園子，不覺又來到了一個新的院落。入口處是竹籬花障編就的月洞門，兩邊遊廊相接，一邊種芭蕉，另一邊是西府海棠，眾人對這株「其勢若傘，絲垂金縷，葩吐丹砂」的進口「女兒棠」稱賞不止。沒想到進入房內，「未到兩層，便都迷了路，左瞧也有門可通，右瞧也有窗隔斷。即到跟前，又被一架書擋住；回頭又有窗紗明透門徑。又至門前，忽見迎面也進來了一起人，與自己的形象一樣，卻是一架大玻璃鏡。轉過鏡去，一發門見多了。」幸而有賈珍出來帶路，眾人才得以走出迷宮。只是將從門口出去的時候，眼前又是一座「滿架薔薇」的花障。

如此令人心眼迷亂欲醉的院落，正是日後賈寶玉的住所——怡紅院。它暗示了入主其間的人將在成長的人生歲月裡，陷入層層花障與重門疊戶沒有止盡的綺麗迷宮中，摸索著愛與慾交纏的諸多生

命課題。寶玉在情愛世界裡陷得愈深，愈是「愛博而心勞」，累了，也只能倒臥在這迷夢般的花床上，將要入睡之際，身體彷彿像他曾許過的願望化為一股清烟，風一吹就來到了另一座與怡紅院的空間性格同樣複雜的秦氏臥房。恍惚又是一道細細的甜香入鼻，使他眼餳骨軟，連說：「好香。」「梁燕語多終日在，薔薇風細一簾香。」（李清照〈春殘〉）入睡後的賈寶玉，不知道那飲了玫瑰露的柳五兒此時正藉著黃昏人稀，依著花遮柳蔭而來，一徑到了怡紅院門首，又不好進去，只在一簇玫瑰花前站立，遠遠的望著。（《紅樓夢》第六十一回）這小小廚娘與小戲子芳官的單純友誼在旁人眼中也是不智之舉，自然會在大觀園這座是非之地引來禍事，寶玉此時尚未識得五兒，他們只是藉由玫瑰香飲初步感應到對方，往後寶玉為了援救被誣陷而身受囹圄的五兒，一應承當了上房玫瑰露的失竊之罪。就像二十世紀初瑞士的心理學家卡爾‧榮格（Carl Gustav Jung）所指，心靈與香氣之間的連結意味著人的內在沉思，芳香使人的冥想達到了創意對話的境地，使人們在實際行動之前早已與自我的潛意識達成了美妙的共識。（卡爾‧榮格《未發現的自我》）

舌尖上如夢般的愛戀
——古斯塔夫‧索賓《尋找松露的人》

　　什麼樣的食物能牽引出如夢般的愛戀？什麼樣的滋味在舌尖喚起了性愛的氣息？那曾經為杏花與露珠、樹林與土壤包圍纏繞的大地氣息啊！究竟是什麼樣豐富、細緻和優雅的感受，為眼前零落蕭條的人生帶來了奇景與異相？使人再次見到了那深邃動人、綻放光芒的雙眼，和陽光裡潤澤的秀髮，還有，沐浴在瀑布底下的裸裎……。

　　如果用這一連串的疑問來呼喚當代美國詩人小說家古斯塔夫‧索賓（Gustaf Sobin）。他會用一種彷彿透露秘密的姿態，和使人連味蕾都能產生冥想的聲調，感性地說：松露炒蛋。

　　故事開始的時候，女主角已經離開人世了。她的丈夫卡巴薩在天寒地凍、白雪覆蓋的森林裡，尋找隱藏在橡樹根部的「黑鑽石」。這位鑽研普羅旺斯方言學的教授，自出生起，每年冬季都沉浸在松露的優雅香氣裡。從童年、大學、研究所，一直到擔任教授。可是卻在妻子過世後，才發現這神秘的隱花植物能為他帶來前所未有的靈視——吃下松露晚餐，就能夢見茱麗葉塔。

　　普羅旺斯人自小便靠著蒼蠅尋找松露，因為蟲子們突然而又漫無頭緒的飛行，往往洩露了天機。每當小蟲子一擁而出或一哄而散，牠們簡直就像是古語所說的 clausd'aur（金鑰匙），開啟了一個充滿幻象的地底世界。

　　對於世世代代生活在鬆軟鈣土上的普羅旺斯人來說，松露是細緻優雅的象徵，是冬季的饗宴。他們從不將它煮熟，也不乾藏。從

十一月到三月，安心奢華地享受這天然的風味。有時切成厚厚一片，搭配萵苣沙拉；也有人和著蛋炒；更多人則是喜愛生吃……。總之，該怎麼做，普羅旺斯人交給大地來決定。

有了這溫暖、厚實、濃郁的氣味，卡巴薩浮動幻影的夢境愈來愈真實，而且情境相連。他看見妻子的臉龐在萬壽菊、天竺牡丹和毛地黃團團圍繞的花叢中，其質感彷彿文藝復興時期鍊墜盒裡鑲嵌的迷你搪瓷花束，而茉麗葉塔的身影則是雍容華麗的慢動作。「千萬別消失了！」「千萬別躲回那幽暗裡，藏身在重重無盡的帳幕下。」卡巴薩對著蒼蠅、對著松露，對著逝去的愛人說。

卡巴薩年近五十，在妻子離開之後，已無心教學、無心生活，現實的一切，離他愈來愈遠，而夢境則是飽滿的。他只是等待，等大地解凍帶來春的信息。那時成群的蜜蜂將野生橡樹花包圍，那年的最後一塊松露，將藏在聖櫟樹下四十公分深處，是個千面玲瓏的黑鑽石，普羅旺斯人以農家崇敬「聖三」的儀式面對它，祈禱夢境更美好。

卡巴薩根據當地行之久遠的傳統，將松露放進玻璃罐中，加入三個、六個，甚至於九個雞蛋，直到松露的氣味完全沁入蛋裡。三天後，他將松露切片，混著入味的雞蛋拌炒、油炸、收乾水分。在低垂微弱的餐桌燈光下，全神貫注地品嘗他的聖餐。伴著濃濃的紅酒，厚實的裸麥麵包，以及一小塊月白色的羊奶乳酪。他小口品嚐，不肯錯失一絲美味，就連餘韻也不放過。畢竟比起其他的蔬果來，品味松露更像是一種與美食戀愛的遊戲。來自地底的滋味，混合著慵懶與敏感，使人不自覺地放鬆了緊繃的神經，在餐桌上與它融為一體。

晚餐過後，卡巴薩在沉重的扶手藤椅上坐下，一邊喝著馬鞭草茶，同時讀著語言學報告。等到鍍金玫瑰花圈的鐘擺，盪到九點整，

他便起身回房，在黑色樑木下，漿洗過的床單和拍打過的雙人枕頭上躺下，蓋上被子，熄燈，開始回想上次夢裡的所有細節。

每當卡巴薩沉睡，茱麗葉塔就活了過來，在花園裡，在仲夏高大妍麗的花叢間，活得有聲有色、幸福快樂。在夢中，他們重拾美好的時光，讓故事回到茱麗葉塔流產以前，讓孩子有機會在雙親甜蜜的呵護下出生……。然而那年普羅旺斯的春天來得特別早，先是粉紅色的杏花從乾枯的黑枝幹上綻放出來，接著是連翹花熾白的火光，日本山茶也美得像珊瑚，空氣裡充滿著花開的濃烈氣息，松露季節即將告終。卡巴薩有如敲門般地勉力擊打地面，拍打鬆軟不毛的土壤，就像拍打新刷的羊毛床墊。他懇求進入，懇求進入生命裡唯一真實的夢境，以及夢境裡唯一摯愛的女人。

現實生活即將隳頹。他已經失去了工作，住在沒水沒電沒有電話的屋子裡，一連串的搬遷通知，和賣斷他名下財產的文件，使他毫不猶豫地簽字。松露季節已經接近尾聲，他繼續擊打草地，朝蒼蠅棲息之地挖掘，尋求那濃郁、熟透得猶如麝香、鯨油的氣味。松露季節正式結束，卡巴薩的夢也該醒了。在夢裡，殷殷期盼、愛戀已久的小嬰兒終於降生。「桃樹花開，松露不再」，當警察局長拿著連續三次遷離通知和拘捕令出現時，卡巴薩只是忙著整理那些光采煥發的夢中桃花，並為新漆的臥房兼育嬰室裡的馨香感到欣喜。隊長宣讀拘捕令上的指控，卡巴薩充耳未聞。在這一瞬間，只有粉紅剔透、妍麗錦簇的花團，交織出有如翻騰巨浪的樂章，縈繞在卡巴薩的耳際。

這是一首以小說形式寫就的悼亡詩。在精緻難得的食物牽引下，為遲來而且短暫的婚姻生活留下戀戀不捨的情懷，又好像是在陳述浮生若夢的感嘆。松露如夢般空靈的滋味，成了通往真愛的鵲橋，和劃出幸福座標的彩筆。那熟透的氣息直達人心，腐蝕了每一

個想從愛情中超拔的靈魂。它站在白天與黑夜、現實與夢境的臨界點上，幽幽地歎息，彷彿是一種有意識的存在，教人懂得珍惜摯愛。故事裡的茱麗葉塔，這迎風暗影裡的雲朵，這美麗的缺席者，就是卡巴薩地老天荒、永不止息的愛。而他們曾經共同分享的那些垂死的方言，是的，就是那些失落的文法和亡佚的分詞，是否也暗喻了詩人活在世界的邊緣而又重重難言的生命處境？這次我們不問古斯塔夫，我們只問自己的心。

午夜的微醺

——向田邦子《夜中の薔薇》

　　日本著名的女性劇作家向田邦子，曾在一個平靜的午夜，收到一綑超過兩百朵玫瑰的花束。這一天，既沒有節目殺青，也不是她的生日。這些「午夜的玫瑰」劃醒了她微醺的情緒。家裡最大的花器——浴缸，成了這群美麗而殘弱的生命，暫時寄居的家。

　　沒法洗澡的女作家俯視滿室嬌豔的風情，好一陣子，恍惚以為那是青春即將流逝的幻影，其實她們只是意外入侵生活的一群美麗的垃圾。浸在浴缸中的「花 Spa」漸漸地甦醒，夜裡的清明意識也讓向田邦子和女性朋友在合唱聲中建立起的友誼，漸漸浮現眼前。

　　「男孩看見紅玫瑰，荒地上的玫瑰……」那是舒伯特改編自歌德詩作的名曲，玫瑰多麼嬌嫩，使少年暗自讚美，「我要摘下妳，妳這荒野上的小玫瑰」。小玫瑰羞紅了臉，以她的刺反抗這發狂的少年。「就算減輕不了疼痛，也要承受這被愛的傷害」。

　　舒伯特當年得到創作靈感時，也是在一個平靜的午夜，生活在古典與浪漫交界的藝術歌曲作家，從一個比自己更貧寒的孩子手中買下一本舊詩集。站在夜色濃重、寒風淒迷的維也納街頭，一本詩集使舒伯特眼前逐漸綻放出遍地盛開的野玫瑰，在現實的寒風與黑夜裡，芬芳的花香彷彿更濃郁了。那些美好而繽紛的文字與音符，是從兩代作家心靈深處流洩而出的愛。

　　其實這是個美麗的誤會，發生在〈野玫瑰〉的落花由西向東，依洄在語言之流的清波裡。向田邦子和女性朋友的二重唱，「盡情地看啊看，荒地上的玫瑰……」，而「荒地」與「午夜」在日文的

發音是如此地相似，以至在遠渡重洋洋的東方國度裡，荒野和午夜的雙重意象共同打造出另一種深藏在黑暗中，如魅影般的花枝。因而使得作者在午夜裡，面對甫從浴缸裡甦醒的玫瑰花叢，而不由自主地聯想起了舒伯特的名曲。

夏目漱石曾在《草枕》中，讚賞如羊羹般黝黑玉質透明的色澤，正適於冥想。谷崎潤一郎則特別對「陰翳」之美，為文禮讚。在幽暗深邃的事物底層，沉澱了多少湛鬱、細膩的雅緻，與歲月悠長的東方情調，結成一朵暗夜裡的玫瑰，花色很深，氣味濃郁，有一種兒童不宜的妖魅與神秘感。猶如三島由紀夫在《金閣寺》第三章裡描寫的那個暗夜，海風吹動帳孔，不情願地搖動著，紋帳下摩擦著榻榻米的聲響，在風勢靜止時，依舊輕微地飄盪在空氣中，甚至使得粗糙的布料痙攣起來。

少年提心弔膽地在黑夜裡搜尋「搖動」的起源，卻在剎那間，眼珠像被鑽子刺進一般……。這四人一頂的蚊帳，實在太擠了。少年睡在父親身旁，病重的父親因竭力抑制咳嗽而呼吸不規律，這樣的壓抑也就意味了他的清醒。而父親的身後則是母親和遠房的親戚倉井先生。少年所見，只是隔著滿是皺摺的白色床單，伴隨著蟬兒離枝的急促短鳴，在深深的夜裡帳面如海上激起了波浪，翻湧起伏。突然有一隻溫暖而巨大的手覆在十三歲少年睜開的眼睛上。什麼都看不到了，卻隨即醒悟。

那雙從背後伸過來的手掌，多少年後依然記憶猶新。無可比擬的大手，從背後過來，瞬間遮住了眼前的地獄，並且把它們全都埋葬在黑暗之中。少年在掌中輕輕頷首，直到晨曦眩人眼目，他都勉強自己閉著雙眼。孩子的黑色眼睛，像一種擁有痛苦力量的黑色寶石，在朦朧的半夢間，清醒地證實了一株午夜的玫瑰是怎樣的搖曳生姿。

　　「不單是玫瑰，所有的花瓣在半夜掉落時都會發出聲響……。」小時候的向田邦子也曾經在某一晚，無意間瞥見了印在童稚皎潔心版上的那朵野玫瑰。那時，單身未婚、身材姣好，而且深具魅力的女老師，邀請了兩位學生到她寄居的親戚家住一晚，雀屏中選的孩子欣喜若狂。晚餐結束，老師在家中盥沐後換上睡衣的光彩動人，還留在長大後的童年記憶深處，而女作家卻終身不能明白，那一晚隱約出現的陌生男子和老師的低聲爭吵，以及清晨多出來的食物，還有老師在廚房裡的哼唱……。「我昨天夢見小偷進來。」另一位學生投擲出震撼彈！老師卻乾脆地承認是她的叔叔。

　　午夜的玫瑰發出輕輕的落瓣聲，窸窸窣窣地踅進玄關、客廳與睡房，然後消失在寂靜的走廊地板上。那記憶中的聲響不如說是氣息，更貼切。日式風格的感官體驗，縮影在壽司形的方寸美學之間，即使是天外飛來一筆創意，也要確保構思的完美、精密與考究。特別是在電梯或浴室這樣偪窄幽密的空間書寫裡，人們長期依賴的視覺感知，已漸漸轉遞給聽覺，而聽覺又不如嗅覺，能夠對應這樣私密、憂傷、頑豔的哀悼情調。此間唯有芳氣能在感官上，造成知性與感性交融的刺激與趣味。日本傳統的「香道」，強調室內氣味的設計，也就順勢成為女性散文書寫上新興園地。

　　在只有一人的電梯裡，嗅到濃濃的菊花香，下意識地尋找芬芳的殘痕，果然瞥見腳邊一片菊花的落葉。想像著稍早之前，有人拿著菊花進出這部電梯，卻又遍尋不到古典俳句裡，比「繽紛飄落地，風韻猶存常駐在……」更貼近此刻女作家難以言喻的感觸。悵然間也不得不承認花蹤飄紗，襲人的氣味卻格外濃烈的內在原因，來自方形鐵製的幽閉空間，其實象徵了女性內心柔軟易感的禁區；而浴缸裡的花海，更一再地牽動著婚事那根最虛弱的神經。

　　生長在兩百年前，阿爾卑斯山腳下的荒地野玫瑰，柔軟、多刺，使詩人傷情，教音樂家沉吟。後世的東方女性，卻在一個看似不經意的時刻，與她在重唱裡默默地接觸，並將她帶到日本和室熹熹微微的濃淡光線下，瞇起異樣的眼光，沁入纖弱、靜寂的感官與想像的幽深之處，停下生活的緊湊步伐，只為體會某種即將消散的瞬間感受，享受生命在靜止處微微晃動的，一些暈眩、一點痛楚。

後記：

　　向田邦子在日本被譽為大和民族的張愛玲，曾經有多部散文集與短篇小說集獲獎及出版。卻在寫作的巔峰時刻，搭乘了遠航來台的空難班機。《午夜的玫瑰》是在她猝逝二十年後，終於問世的中譯本。內容除了女性的自述，還有多篇屬於她的男性美學鑒賞實錄，說明了男子的魅力永遠是女性溫柔的依戀。

第二樂章

藝術家的美麗病

——從《人間世》到《生活的藝術》

一、文人的西湖夢

搖漾在波紋如綾的西湖風月裡，眼前「山色如娥，花光如頰」，耳邊溫風似酒，文人醉了，醉在薰蒸的三月蘇澤裡。猶憶曾經極愛繁華，年少嗜好華燈煙火、梨園花鳥，文人病了，病在殘書斷絃、缺硯一方的現實生活裡。

歷史上的無數時刻，彷彿千百個細小的碎片，我們只如戲水般地任這些時刻裡的故事發生，又一一從我們的指縫間流逝；也像是走在漫山遍野的芒花間，只是輕輕撫弄而不攀折。那些如煙的往事彷彿從遙遠的國度飛到我們這個城市裡的雲彩，使我們想起了古書篇頁裡的一點朦朧波光，而它卻又沿著牆壁一略而過，帶走了耳邊古老的曲子、幾許繽紛的花影、一串串揮灑的笑語，和一些……，曾經是屬於我們的生命底色。

偶然間，戲水的纖指也會在閑光裡，撩起一片清柔的花瓣，應該是一片梅花瓣吧。雖然顏色已經淡薄，卻比以往任何一個時刻更令人神迷。那是明代文人黃汝亨在〈浮梅檻記〉裡引述的事蹟，故事裡的士大夫用清雅的梅枝扎成筏子，自在地漂泊於碧波萬頃的西湖之上，如此快意！是否也曾有感於才子詞人的嗟嘆：「青春一餉，忍把浮名換了淺斟低唱」？

時代的巨瀾幾度傾覆了西湖上愜意的畫舫，卻滔不盡梅花筏上的點點靈韻。那時文人的性靈，薄如輕紗，細若古瓷。一些離合悲歡、一陣金戈鐵馬，便將它們打落在時光長河的深沉黑暗底層，任它沉睡，一百年，兩百年，三百年……此後，人們乘風追趕效率、準時、事業成功的大浪。那曾經閑逸美麗可愛的午後馨香，只能形散神不散地靜待著，也許會在另一個波光瀲灩的時代，嫣然甦醒，綻放嬌姿，及至散落瑛瓣無數，重新浮滿整個湖面。

這些歷代文人書架上被遺忘了很久的扉頁，其中夾藏著離世出塵的禪箋，像幻影中的梅筏，承載了世世代代積累的文明高度。人類的文明要到達怎樣的悟性，才能以和諧於自然的生活為常態之美？在深巖峭壁、林麓掩映之間，修一座青蓮別墅，房前多幽竹古梅，屋倚蓮峰，橋跨曲澗，主人有泉石之癖，遂於此間日涉成趣。那一幢幢草野間的富貴，即使竹籬茅舍，也有丹青細畫樓臺的耀眼。可歎的是，人類輝煌的文明，總是結束在與藝術執拗的對峙中。

循著三百年漫長的歲月痕跡，五四文人林語堂重拾了往日時光，尋找詩般的生活質地。他在春日遊杭時，抒發了一段個人情懷，同時也像是繪製了一幅寫意圖：

> 到西湖時，微雨，撿定一間房，憑窗遠眺，內湖、孤山、長堤、寶塔、遊艇、行人，都一一如畫中。近窗的樹木，雨後特別蒼翠，細草茸綠得可愛。細雨濛濛得幾乎看不見，只聽見草葉上及田陌上渾成一片點滴聲。村屋五六座，排布山下，屋雖矮陋，而前後簇擁的卻是疏朗可愛的高樹和錯綜天然的叢薈、蹊徑、草坪。其經營毫不費工夫，而清華朗潤勝於上海愚園路寓公精舍萬倍。（林語堂〈春日遊杭記〉）

現代人已經遺忘了「『放下事情』比『把事情做好』更高尚」
（林語堂《生活的藝術》）的悠遊美學和古老智慧。人人成了終日
勞碌的進取者，忘了將兩手放在袖中，品一回飽經風霜的舊版書，
是怎樣的一段清福！憶起上海居民家資十萬，將一二畝宅邸花木園
圍砌成幾何怪狀，主人乃有不可一世之概，林語堂撫然間倒不無啼
笑皆非之慨。他在談話式的小品文裡，找到了抒發一種心境，一點
佳意，一份幽情，卻也是一股牢騷的寬闊天地，娓娓月旦人間世，
細究宇宙萬象和人生心靈的問題。往後以英文撰述中國人處世的藝
術時，則更明確地指陳現代人的生活態度遠離了中國式的情境，恐
未必是文明的演進，更不見了人生的福祉。

二、生活的完成

人於存在當下心境的釋懷、無欲，是中國人曾經何等美妙的
生活觀念。這種不使心為形役的處境，林語堂稱之為悠閒哲學。
古人就是在這閒適歲月裡體現了生活中的自然律動，以蘇東坡為
代表的文人畫，不會滿足於眼前景物的如實描繪。他們在構圖上
愈趨單純，愈能使人體會畫家清雅的生命基調。八大山人的一尾
魚、一匹馬，幾竿修竹和粗曠的山岩，傳達的是生命的姿態。仙
鶴圖上，一根羽毛未動，已有欲飛之勢，即便在靜謐無人之地，
仙鶴完全顯現悠閒的內在精神，不也正是藝術家最滿意的一種自
我投射？畫家若以秋天為題，目的不在於描繪豐富多采的樹葉，
而是捕捉那一層「秋意」，使人在畫裡感受到清新乾爽的空氣，和
季節蛻變、陰盛陽衰的秋思。中國文人在感官上對於自然美的捕
捉，最終都能夠內化為心靈的一部份，林語堂在評介蘇東坡的書
畫藝術時，清楚地意識到生活的藝術，不側重詩畫本身，而是越

過吟詠與揮毫，使心游於物外，凝煉出對大自然的捕捉與感受。（林語堂〈蘇東坡傳〉）

> 白鷺雲飛，柳堤倒影，這辜負春光秋色之罪，應該由誰去負責？或者暮天涼月之際，煙霧籠晴之時，流光易逝的一剎那，有誰拾取？或者良辰靜夜，未能放舟中流，盪漾波心，遊心物外，洗我胸中穢氣，是誰之過？（林語堂〈談海外釣魚之樂〉）

猶如清初張潮《幽夢影》所云：「胸藏邱壑，城市不異山林；興寄煙霞，閣浮有如蓬島。」又：「天下無書則已，有則必當讀；無酒則已，有則必當飲；無名山則已，有則必當遊；無花則已，有則必當賞玩；無才子佳人則已，有則必當愛慕憐惜。」文人既非農圃漁樵，能擁山林而不知隱逸之樂？

藝術是人生哲學的反映，晚明張岱的「夢書」（《西湖夢尋》、《陶庵夢憶》）早寫盡了文學、音樂與繪畫的三重奏，月兒貫穿了昔時遊賞西湖玩客們的心，而夏季西湖的淡妝濃抹、錯落有致，則在人情景物之間流露出一片屬於文字的月光曲。到了雪季，觀看湖心亭，卻又是另一番筆法。那是一幅畫，一幅構圖簡雅、設色清渺，隱然訴說著「天地有大美而不言」的畫：「天與雲與山與水，上下一白。湖上影子，惟長堤一痕，湖心亭一點，與余舟一芥，舟中人兩三粒而已。」（張岱，《西湖夢尋》）這一篇篇傳世的小品文，既是文學，又是藝術，卻總不脫離生活。似乎離開了婆娑的竹影、搖漾的柳絲、沁人心脾的荷香雲影、山色泉聲、茶酒詩畫，以及微風和雨雪，這些文人就無法生活。他們願以泉鳴掩藏塵世的喧囂，在「清風白月，秋聲夜色，搖搖墜竹」的樹蔭之

下，聆聽曠淡的天籟。那些柔韌的樹葉受暖風的薰拂，發出了充滿快意的輕聲嘆息。在樹林地下翻騰的，或許和春的來臨有關，總是撩人心弦的神秘震動。

長江南岸的夢中人！其才不堪補天，卻是得天地人文精神滋養，在底蘊深厚的文化傳統裡長成的愛美之人。他們愛文字之美、愛色彩之美、愛音聲之美、愛自然與人文之美。他們遊走在歷史的邊緣，卻以自己的生活展現了高明的文化教養，展示了人的內心最崇高寧靜的生存方式。畫家李流芳在〈題畫卷與子薪〉裡，寫出了他一天的生活。新鮮的綠樹垂映在門檻上，葉尖掛著溼潤欲滴的雨珠，門外不聞車馬市聲，屐履不至。在這空氣純淨如銀，心靈清空淡遠的時刻，作家身旁惟有二三知己，以哥窯、古玉兩款杯子酌酒對飲，閒適中，僅有新摘的芳蕙、雪白的虎茨，襯托得「視人而笑」的薔薇更加嬌美可人。心曠神怡之際，客人邀請主人即席作畫，李流芳與兩位來客在笑談間，展開素紙，邊聊邊畫，畫成之後，再以一篇跋文將文學、繪畫與生活寫成了風雅傳誦的小品文，生活完成了，一天過去了，一篇閒適淡雅的文章是這樣傳諸後世的。

李流芳在〈題畫冊〉中有時也不得不承認人生難免碌碌奔波，幾時不見湖山，便無由興發畫思，既沒有靈感，便停住了畫筆，直到買舟飽覽紅葉，當晚雖是風雨如晦，卻是藝術家畫興大發的時候，一個晚上在燈下且飲且畫，趁興又完成了三幅作品。當他飛越畫興的頂峰，往往乘著音樂和詩酒的翅膀。在「雨過月出，天水如洗」，晚風輕送的船屋裡，一位朋友吹簫，另一位撥彈著三弦，這情景令他失眠，也促他完成了另一幅畫作。文人趁興而為，意倦輒止，在自然與人文的交感中，啟發詩文、繪畫的靈泉，透過清新的文字，縐合了多少生動的藝術靈韻與生命體悟

時序往後推移，然而也是個失眠之夜，春末清晨的西湖邊，晨光曦微，林語堂置身一片煙霞樹影裡，人在畫中，思索的仍是繪畫的意興。

> 路過蘇堤，兩面湖光瀲灩，綠洲蔥翠，宛如由水中浮出，倒影明如照鏡。其時遠處盡為煙霞所掩，綠洲之後，一片茫茫，不復知是山是湖，是人間，是仙界，畫畫之難，全在畫此種氣韻，但畫氣韻最易莫如畫湖景，尤莫如畫雨中湖山，能攫得住此波光回影，便能氣韻生動。(林語堂，〈春日遊杭記〉)

不同於明代文人徐渭眼中如寬鏡流射出晶光的西湖，林語堂雖是「霧裡看花」，卻教我們透過他的描述而感覺到「語語都在目前」，畫面用色極淡，竟像是周邦彥的：「人如風後入江雲」，這遼闊空濛的意境，說明了西湖的美以及作家個人的審美情趣。

三、人生以放浪為理想

中國古來文人都以藝術為遊戲與個性，唯有以藝術為消遣，藝術精神方能普遍瀰漫於社會。遊戲的特性在於無目的，也不能有理由，因為遊戲本身就是理由。如同小提琴家為十七世紀義大利史特拉第瓦里名琴風靡一般，北宋到晚明，文人酷愛澄心堂的紙、宣城的鼠毫筆，和李廷邦的墨，這些精美高雅的書具，值得才子們耗盡一生，相知相隨。因為如此而不知促成了多少蘇東坡的石、李龍眠的柏，和黃庭堅的詞……。尤其是那一次中國藝術史上著名的雅會，林語堂將這群文人的遊樂記載在《蘇東坡傳》裡。十六位名家齊聚在駙馬的庭園裡，包含了宋朝三大畫家蘇東坡、李龍眠、米芾，以及文學界的蘇門四學士。在這幅西園雅集的圖畫裡，石桌陳列於花園內高大的蒼松翠竹之

下，上頭有一隻蟬，正往小河飛去，循著河岸一望，便為彼處的花竹繁茂所吸引。主人家的兩位侍妾梳著高髻，錦繡華麗地立在桌邊，觀賞頭戴高帽的蘇東坡當場揮毫，駙馬亦在旁觀賞。李龍眠在另一張桌上臨陶詩，蘇子由、黃庭堅、張耒、晁補之也來圍觀。米芾立在另一處的石碑前，仰頭準備題字。秦觀則坐在樹根上凝神聽琴。其餘人士分散於園林各處，自在遊玩。想像這些吟為詩歌，畫為山水的文人，如何「字帶畫意」地將行草書寫成行，聯綴成篇。那必是一場筆墨間風韻醇足、趣味獨富的意外之旅。

陸皇在《人間世》裡以〈草書學說〉一文說明落筆的迅疾與遲緩錯綜得宜的美妙特點：「鄭板橋作草書，人家比喻為『亂石鋪階』，可見那不規則的迅疾之妙。……在應作轉、側、收、送、提、放等處，與蓄力、蓄勢前後照顧等處，草書也需要有相當的遲緩時間。簡單些說：『可快處儘快，應慢處不嫌其慢，能快能慢，而後可謂能作草書。』」書法家並不以能夠穩妥地安排靜態的線條而自滿，書法作為藝術，具有韻律節奏美的概念，繪畫亦如是，作家轉求大自然予以啟發力量充沛、變化無限的靈感，這些古光色箋、至厚能膩的砑光紙上所保留的下壓、微頓、疾掃，與偶然的飛白波潑，皆是美的律動。

那次以蘇東坡為首而傳世的西園雅集，儼然成為林語堂傳遞快樂主義的最佳借鏡。他從古典藝術中領悟到以「放浪為理想」的人生哲學，尤其是在個人自由隨時可能受到威脅的烽火年代，唯有放浪者的精神可以使我們解脫。關於蘇東坡的故事，還有黃庭堅的記載：「元植中鎖試禮部，每來見過案上紙，不擇精粗，書遍乃已。性喜酒，然不過四五角已爛醉，不辭謝而就臥。鼻鼾如雷，少焉甦醒，落筆如風雨。雖濾弄皆有意味，真神仙中人。」一個入圍試場，閒來不擇紙張，拚命寫字，醉後甦醒更是落筆神速的蘇東坡，是個

生活中自出新意的人，清新得像不染塵世的孩童，那也正是林語堂希望從紀律的、服從的、受統馭的、一式一樣的生活框限中，爭取人性尊嚴的一艘救生筏，或許就說是那支性靈的梅筏！他在《生活的藝術》裡說：「人類放浪的質素，終究是他們最有希望的質素。這已造成的放浪者，無疑是聰慧的。」在他的眼中，中國文化是由巧辯和矯飾「進步」到天真純樸的境地，直到有意識地進步到天真純樸的思想與生活裡，才可稱為「完全」的文化。

> 我以為人類必須從智識的智慧，進步到無智的智慧，須變成一個歡樂的哲學家；也必須先感到人生的悲哀，然後感到人生的快樂，這樣才可以稱為有智慧的人類。因為我們必須先有哭，才有歡笑，有悲哀而後有覺醒，有覺醒而後有哲學的歡笑，另外再加上和善與寬容。
>
> 我以為這個世界太嚴肅了，因為太嚴肅，所以必須有一種智慧和歡樂的哲學以為調劑。如果世間有東西可以用尼采所謂愉快哲學（Cay Science）這個名稱的話，那麼中國人生活藝術的哲學確實可以稱為名副其實了。只有快樂的哲學，才是真正深湛的哲學。（林語堂，《生活的藝術》）

原來人們只在感染上輕快的精神時，周圍的一切才能隨之平和，那樣的環境也才是人類適合居住的地方。林語堂有感於現代人面對人生過於嚴肅，生活中隨時充滿了煩擾和糾紛，因而從中國文學、藝術、哲學的背後清明醒悟到盡情享受人生，使人的氣質變得合理而平靜，原是千百年來老生常談的道理。再蒼老的人生，也能夠在藝術、詩歌與宗教的世界裡，恢復新鮮的視角，與富有情感的生命力。

四、一錠墨和一盂水的嬉戲

　　器具之美，與極端幽靜的文人畫風，真是相映成趣的。讀過海戈在《人間世》裡談論中國山水畫的文章之後，不禁使人嘆息：羊毫，如此柔軟而隨意！唯有下筆極靜、能忍之人，才能牽引這溫和飽滿的觸感，留下詩趣的線條。那些貂鼠、羊和兔的軟毛，教歷代文人怎捨得放下反覆浸淫在筆腹與筆尖、偏鋒與中鋒、濕筆、潤筆與渴筆……等許多戲法中，皴染出墨與水的無盡意趣！

　　墨色頹唐的調子，是簡淨的光輝，夾層紙的的浸漬性，不容人堆砌顏色，卻許大筆寫意。字畫本是靜域，文人的山水畫更是靜中之靜，在這天地裡，沒有過於活躍的動作、鬧雜的聲調和明快的色彩，詩境的畫取於自然而趨於高雅，在安閑明淨的山水間，有幽林泉石，隱者雅士。不見怒馬奔馳，只聞小驢得得；迴避敵陣廝殺，只與鬍鬚老兒拄杖往還；沒有旭日當空，僅是陰霾四合；寧畫峨嵋，不寫高原；取迴旋無盡的江水，不顧一洩千里的河海；只有古趣的牛伴著下圍棋的人，沒有蠢物或激烈的競賽者……，這是文人的事業！自然與詩，密切相連。「身攝其中，神遊華表」，人為什麼需要藝術？耽溺在那些攝取了自然界意象，而滲入作者人生意趣與胸中邱壑的卷軸與橫幅間，我們都曾經跨越了時空，在某個時刻受到美的召喚，哪怕僅僅一瞬，已使心靈感到無限的純淨。

　　中國繪事具有實像，同時也引人沉思，那不是任何流派所能容攝與歸納的。展開尺餘闊，兩丈長的〈富春山水圖〉，細細品遊嘉陵江三百里地風景。重巒疊嶂處，依然有路得以上行，一人背手而立，那必是眺遠山、聽瀑布，淡淡幾筆便已描出石頭的陰陽向背來，石上幾株樹，又確定是長在泥裡，而非憑空浮於紙上。房屋橋樑，

是剛才那人日暮的歸所，上方大片空白是天空，下方留白則是綠漪
溪流，重巒中的飛白，像行跡無定的白雲，亦似飄渺悠忽的炊煙，
幾株林木遮掩了禪院，枯枝帶出了冬的靜穆，潤筆則又分明寫在雨
後……。這些流暢於情理之間的畫作，需要搭配文學的心靈，方能
盡情地參與和領會。

　　運用文學的想像來填補畫作，是人間幸福美好的時光之一。作
家徐訏在《人間世》裡談到美人畫，他說，也許美人的病態終是才
子之罪：「我看過西施浣紗圖，溪流是清澈見底，游魚可數，柳綠
桃花，蝴蝶在周圍飛，黃鶯在樹上唱，西施穿著黃淡色的衣裳在河
邊向尋詩一樣地浣紗……。我也看過文君當爐圖，茶館在山明水秀
之村，生意很好，四周是人，或揮鷹毛扇，或讀太上感應篇；相如
書生打扮在捧茶，秀美無匹；文君則粉白黛黑，面泛桃花，笑容可
掬，衣服鮮麗，手握小團扇，如梅蘭芳飾著虞姬。……也許我是亂
世的驚弓之鳥，見此圖後，替她擔心者久之，誰敢擔保張宗昌部下
不會來喝一杯茶呢？」(徐訏〈談美麗病〉)那位在《京華煙雲》裡，
被林語堂形容為「抽大黑雪茄，抱著白俄情婦，控制了山東省的狗
肉將軍」，看來確是「人間世」文人們心頭的一片烏雲。文人賞畫
往往有各種類似兒童世界的情緒，它讓我們彷彿聽到了嚎咷的哭
聲、微弱的呻吟、吞聲的嗚咽、幽默的冷笑，或憤慨的沉默，那是
從畫裡投影出自己幾十年來的生活與心情。「世界是屬於藝術家
的，畫家、詩人、作家和音樂家們通過藝術的想像力，使這個世界
有光有色有聲有美，否則我們終將逃不出這平凡為求生存的塵世。」
林語堂如是說。

　　文人醉後落筆如風雨的酣暢明快，醒時觀畫的機趣偶得，又不
由得人不信「遊戲」的思想是使藝術氣韻生動的靈藥。而藝術之美，
亦往往僅在於體力和心力的氾濫、自由與不受羈絆，就像「鹿」的

美「麗」來自人們疑心那過度發育而略帶毀滅性的角，它只為自己存在，未必顧及一切。林語堂的一句「業餘主義」，讓藝術思維靈動了起來，原來一切業餘的哲學家、詩人、攝影家、魔術師、建築家、音樂家、植物學家、航空家……，都是真正主動追求生命意義的人！那些中國古代高士生活裡所喜愛盤桓流連的氣韻與情調，無論飲酒與墨戲，都形塑於精神中涵養有素的主觀與自信。

> 我覺得在晚間聽聽一個朋友隨便彈奏一二種樂器，樂趣不亞於去聽一次第一流的職業音樂會。一個人在自己的房裡看一個朋友隨便試演幾套魔術，樂趣更勝於到劇院去看一次臺上所表演的職業魔術。父母看自己的子女表演業餘式的戲劇，所得的樂趣，更勝於到劇院去看一次莎士比亞戲劇。我們知道這些都是出於自動的，而真正的藝術只有在自動中方有。
> （林語堂《生活的藝術》）

林語堂從晚明攝取小品文的精神，使《人間世》成刊，也因而在「遊戲」氛圍中為文學定調。無論是劉士鏻或陳繼儒，「明人所選『外道』文章，內中亦大有佳品。」明人小品比起道貌岸然的大塊文章，更有一股鮮活的勁道！林語堂在《人間世》裡談「小品文之餘緒」時說：「只循思想自然之序，曲折迴環，自成佳境而已。……說理文如奉旨出巡，聲勢烜赫，言情文如野老散遊，即景行樂，時或不免惹了野草閒花，逢場作戲。說理文是教授在講臺上演講的體裁，言情文是良朋在密室中閒談的體裁……。」（林語堂〈小品文之餘緒〉）隨筆閒談，時而沉著，時而爽利，有時氣魄雄渾，有時遣詞優美，如與摯友對談，及至鋒芒煥發，談言微中，意會神遊，妙語雋逸……，到此境地，能說非關藝術？

　　小品文之美，是一種本色美，一如文人畫家濡墨擒翰，一錠墨，一盂水，揮灑抒懷，也像是小品文的娓談中滲入了個人的閒情與感懷，在水和墨的嬉戲世界裡，無非透露了作者人生的疏淡意趣和自然界的靜美節奏。最後，在畫幅上端虛白處，增添觸目的印章款識，人文的境域就更為豐富而濃厚了。由是，文人畫與小品文，成了林語堂從《人間世》到《生活的藝術》裡，談不盡的世間風味。以書法為例，縱使一揮而就的過程裡，終不免失之偏頗，或留下失誤，然忠於自我的洗鍊與細膩，畢竟經得起時間的波濤，自然材質在歲月中沉澱出的幽玄恬靜與閑寂古雅，已經揭示了人在自然中，渴望獨抒性靈的藝術風格。又或許有瑕疵的美更具有人文思維的迴旋餘地，也預留了極大的空間，邀請後世觀賞者參與這「未完成」的設計。林語堂提倡醇厚的小品文情調時，曾說明那是作家以真誠的態度說話，也許會把他自己的弱點完全顯露出來，然而真正的美本來就不在乎是否完美，一如人生在世，只能要求做個合情合理的人，而不能期望做到美德的典型。因此，美學背後更貼近人性的人文思想，或許正是小品文與文人畫值得人們一生衷情的理由。

五、「世人多忙」的喟嘆

　　就在小品文發揮到極致的年代，日本也誕生了最重要的俳句詩人松尾芭蕉。他以門前一株茂盛的芭蕉作為筆名，以自然界一瞬間的小動作驚擾了大靜的周圍，而興發幽思，將他的心境寫得純淨且清寂，平淡之中饒富逸興和韻味，他說：「真誠，是俳諧的要素。」他真誠地釋放感官來接受自然之美，於是在春天的時候，看見水鳥的嘴邊沾上了梅花瓣的白，掀開暖帘，欣見可愛的女俳人——北堂梅，因而留下了「無人探春來，鏡裡梅自開」的詩句。耳中飄來禪

寺的鐘聲，不知來自上野或淺草，只如櫻花般薄雲的縹緲。夏季遠眺湖景掩映在梅雨之中，像極了浮世繪名家的畫意，詩人不禁讚美這小倉山的松杉，和林間的薰風。最寂靜的聲音是「蟬聲滲入岩石」的幽靜；最燦爛的光采是東照宮的日射：「好輝煌，濃淡綠葉映日光。」最迷人的芬芳，是靜岡的一條路上，白橘花開到極盛，隱然散發出茶香。最美的儷影，是蝴蝶停在白罌粟花上，霎時間分不清馨瓣與蝶翼。「若是細細聽」，蝴蝶還會停留在春天野草間，伊勢平家的武士頭盔上……。

　　究竟是誰，最懂得享受人生？在蟄居的隆冬年深歲月裡，遙見「竹林月色薄」，眼光裡閃動著「夜霜耀」，又分明聽見「寒梅折枝響」，即使在病中，也要書寫沉鬱的夜空：「多美啊！透過紙窗破洞看銀河。」日本古典詩境與中國哲思曾是聲氣相通，及至青森縣出現了兩家名為「林語堂」的古本屋，店鋪中也不乏林語堂的《北京好日》與他所推薦的中國式浪漫深情代表作──《浮生六記》。我們才醒悟，真誠的文學、閒適的哲理，與性靈小品，曾經也在東洋島國，浮現靈犀相通的追隨者。究竟是誰，最懂得享受人生？「我相信主張無憂慮和心地坦白的人生哲學，會叫我們擺脫過於繁忙的生活。」林語堂說：「生於現代的人，大都需要玩世主義的薰陶。」這是一半道家，一半儒家的人性化哲學，「中國最崇高的理想，就是一個不必逃避社會人生，而本性仍能保持原有的快樂。」他在文人的詩歌與山水畫裡，找到了中國人於動、靜之間的完美均衡。

> 　　所以理想人物，應屬一半有名，一半無名；懶惰中帶用功，
> 在用功中偷懶；窮不至於窮到付不出房租，富也不至於富到
> 可以完全不做工……鋼琴也會彈彈，可是不十分高明，只

可彈給知己的朋友聽聽，而最大的用處還是給自己消
遣⋯⋯。（林語堂《生活的藝術》）

　　原來中國人所發現的最理想的生活情調，保留在那些優越的半
玩世者身上，「半中歲月盡悠閒」，閒則能讀書交友、品茗賞花，看
盡人間世的好風景。繪畫時，一半留予虛白，一半敷色渲染；吟詩
間，一半琢磨心境，一半留給讀者慢慢品味⋯⋯，「飲酒半酣正好，
花開半時偏妍，半帆張扇免翻顛，馬放半韁穩便。」這些曾經屬於
中國人的美好品德，曾經屬於全人類的天賦權利，曾幾何時，被現
代意識中強調「必須有用、必須有效率、必須做官、必須掌握大權」
給擊沉了，就像〈浮梅檻記〉裡，沉浸在西湖底的梅花筏。如果要
哀悼它的殤逝，追蹤這悠閒自由的生命情調與泛鳧享樂的藝術生
活，是何時在文人手中悄然流逝的？那時序大約可推回到萬曆三十
七年，名滿天下的公安文士袁小修，為了會試功名，斷絕了吳越精
緻山水的洗滌，乘著秋風返棹西去，人生至此，為了講求把事情做
得十全十美，「連享受悠閒的樂趣也失掉，並且連神經也跟著壞了。」
晚明文人感官行旅的文字，也就到了終點。我們只好感嘆，當感官
的磨礪發展到達極致，文化中的藝術生命也就在頹敗的邊緣了。林
語堂不禁大嘆：「世人多忙！」何時才能有一種真切的文章、親熱
的體裁，來表達全身舒適、心情悠閒的感受？

　　我喜歡躺在椅中的習慣，和我擬想將一種親熱自由瀟灑的文
體導入中國雜誌界的意圖之間，確有某種關係相連。
　　只有在有閒的社會中，談話的藝術方能產生⋯⋯也只有在談
話的藝術中，優美通俗的文章方能產生。談話的藝術和寫優
美通俗文章的藝術在人類文明的進步史中，產生的時間比較

遲，因為人類的心靈必須先經過一種敏銳微妙技巧的發展，方能達此地步。而要發展這些，則又非生活有閒不可。（林語堂，《生活的藝術》）

二十世紀初的荷蘭人文主義藝術評論家房龍（Hendrik Willem Van Loon，1882～1944），在他的名作《藝術》一書中，舉重若輕地將一部深厚的西方藝術史，用隨筆式的輕快文字，於漫談中，將喬托、達文西、米開朗基羅、拉斐爾、和提香等西方繪畫藝術中的最高成就，無聲無息地浸潤了讀者的心。卻在論及中國畫時，做出如下的評論：「不要一次看太多中國畫，看多了，回到家裡會感到一片茫然，會覺得一切都很平淡。」（房龍《藝術的故事》）這位通曉十國語言，擅長音樂，擁有紮實的美術素養的重要藝術評論家，依然站在西方繪畫講究透視法，刻意還原生活面貌的藝術觀點上，空嘆東方藝術的大門不能為他而開。中國和日本的水墨丹青所注重營造的「意境」，往往不存於現實，在存乎作者的主觀內心。東方藝術家所要表現的是透過感官過濾，而進入心靈的直覺世界。他們所欲書寫的是一種心情，一種疏爽簡潔、意蘊清遠的主觀感受，因而不像西洋畫，將畫面安排得繽紛而飽滿。中國繪畫留白的地方，反而增添了許多想像的可能。有時僅畫出魚蝦柔軟擺動的姿態，則「水」已隱含其中了。他們只需要一枝筆、一種墨，就能完全呈現妙趣橫生的寫意畫。

林語堂解釋「意境」來自作者的性靈，中國文言稱之為「心胸」。「一切的藝術都是相同的，以性靈的流露這一原則為根據。」「養成這個性的可愛，乃是一切藝術的重要基礎，因為不論一位藝術家做些什麼，他的性靈總是能在他的作品中顯露出來。」「但要能欣賞一件作品，則非有學問不可。」（林語堂《生活的藝術》）例如一

幅字中含有古氣，則知書法家可能受魏拓的習染，進而將他自己的
個性與所習得的技巧融於一爐。而中國藝術，包括文學等領域，最
難欣賞，也最難學到的便是作家秉性中溫文與醇厚的美學風格。

　　林語堂創辦《人間世》，提倡小品文的藝術，同時還強調「個
性流露」這一原則，他引述《紅樓夢》裡林黛玉的話：「若是果有
了奇句，連平仄虛實不對，卻使得的。」林語堂所看重的中國文學，
一直都是那些摒棄大道，而逕自鑽進任何一處不知名的野外風景一
般的短詩與短文：

> 這裡面有文章家和尺牘家，他們只須用五六百個字，便能將
> 生活的感覺，表現於一篇短文或短札中……。對一次春遊、
> 一次雪宴、一次月夜盪槳、一次晚間在寺院裡躲雨的記
> 載，……這裡有許多散文家同時即是詩人，有許多詩人同時
> 即是散文家……有時單用一句詩文即能表現出整個的生活
> 哲學。有許多譬喻、警語和家書的作者，寫作時都是乘興之
> 所至，隨手寫去，並不講究什麼嚴格的系統，理智常被合理
> 的精神所壓伏，尤其是被作家藝術的感覺性所壓伏。
> 人之愛好字句，是他走向愚昧的第一步，愛好界說，則是第
> 二步。因為他愈加界說，就愈趨向一個不可能完美的邏輯。
> （林語堂《生活的藝術》）

　　於是他自己在寫作《蘇東坡傳》時說道：「我希望出國期間他
能陪在我身邊，……書架上列著一位有魅力、有創意、有正義感、
曠達任性、獨具卓見的人的作品，真是靈魂一大補劑。現在我能動
筆寫這本書，我覺得很快樂，單單這個理由就足夠了。」（林語堂
《生活的藝術》）

　　然而，快樂談何容易？對於現代人而言，那近乎是一種特殊的能力。自稱伊畢鳩魯學派信徒的林語堂，一生也算是經歷了許多坎坷的遭遇，但是想想李叔同、孫大雨、劉半農、章太炎、辜鴻銘、林琴南、齊白石、郁達夫、孫伏園、徐悲鴻、吳經熊……，這些五四前後的寂寞中年人啊！在時代狂潮中飄蕩的靈魂，往往用詩的語言凝鍊成自身的姿態，卻依舊是苦悶的化身，如同夏丏尊某日的攬鏡自照，竟站成了一尊典型的浮生過半、人事消磨的滄桑處境：

> 近來忽然，從鏡子裡照見我自己的靈魂，五四的狂熱日淡，厭世之念日深，不禁重複喚起李（叔同）先生的影子來了。
>
> （夏丏尊〈李叔同〉）

　　法語中有一個特殊的辭彙「Bon vivant」，那是具有文化素養、懂得人情世故，對生活抱持豁達態度，能夠盡情享受樂趣的生活家。他們能夠快樂過活的秘訣，一半來自天生，一半來自後天的自我修為；他們所享受的快樂，也是一半精神，一半物質的。林語堂曾在一九四○年代末期，接下聯合國教科文組織美術與文學組的工作而旅居巴黎。如果他當時已經熟悉這個辭彙，當喜吾道不孤！

品味孤獨
──鍾文音《三城三戀》

　　一戀墨西哥，二戀布拉格，三戀挪威。鍾文音情繫三地，戀上陽光下的古老文明，戀上金燦、鬱藍寧靜交錯的瞬間，戀上天地間最純淨的色調組合──白與黑。

　　這是鍾文音的旅遊書寫、藝術評析，也是她的自我追尋。一切，都寫在下階段的人生即將開啟之前。她抽取了痛苦、孤獨和死亡的意象，構築三城裡三朵曾經盡情揮灑烈愛的藝術性靈，拉開一座和自己的生命對話的立體空間。在墨西哥城，感受芙烈達·卡蘿悲劇與抒情性的敘事繪畫；在布拉格體驗卡夫卡的日常性迷惘，和他眼中無所不在的變形；在挪威，凝視夕照光暈，聽見體內升起畫家孟克無主孤魂式的吶喊……。

　　三座城市曾經孕育了三位藝術家，而三位藝術家又滋養了後世無數人荒蕪的心。創作者在地平線上踽踽獨行，廣闊無垠的背景是芙烈達·卡蘿日記裡寫下的「黯綠」，代表樹影邊緣的瘋狂與神秘，也是畫家與夜共枕，知夜甚深的投射。鍾文音看到藝術家的行止有多獨特，他／她背後的苦痛就有多深。也在他們的作品裡指認出遐想的成分，反問：「究竟人是如何從正常開始扭曲成變形？」藝術家個個是塊冰，因為晶瑩得足以透視人間的苦難與現實的荒謬，於是他們個個都很燙。逼視他們的作品，怕是要到燒毀自己的程度，才能粹煉出文學的良知和純摯的自由精神。

　　鍾文音在畫家的作品前，寫作個人的情感；卻在小說家的文字世界裡，以腦海為畫布，盡情酣暢地施以顏料。她想像卡夫卡的剪

影靜靜地黏在紙張上，以小窗外霧靄和街燈暈成一片，整座布拉格在中世紀的光輝裡沒落凋零，凸顯作家白日的苦悶與存在之思。時鐘滴答滴答，從卡夫卡身後穿越時空來到鍾文音的耳畔，「時間流逝就是死亡的啟動」，他在思索，她也在思索，同時思索存在、意義、愛與束縛。在黑夜與黎明的邊界上，一道塵世的光儘管剎那即逝，也將窗邊的人對映成黑影，而黑影中自有白日裡生命觸探不得的，一層薄薄的，靈魂。

虧得藝術家穿透人物抵達故事核心，讓思緒凝聚成墨水與油彩，我們才能返身在愛的險境裡，學會以自嘲的方式看待生活在世間，每一個活像是局外人的自己。三城中的三位藝術家，在他們憂患勞苦的生涯裡，展現了紛紛擾擾的愛情。「舟中她對著我微笑，這是最美的瞬間……這就是愛情。」卡夫卡在給情人菲莉絲的信裡說道。鍾文音面對這位於生活任何細節強烈敏感的不凡文學家，嘆了一口氣：「再親密者，也恆是陌生人。」只因他們都是跪在謬思腳下的虔誠祈禱者，所以明白藝術上的成果，來自長期的孤獨與自我放逐。

不幸，早已是生命中的一部份，鍾文音試圖勾勒卡夫卡在寒夜裡，咳血寫下告別信之後的情景：「他以吻封緘，聽見信件掉落郵筒的聲響，那彈撞的咚了一記悶響，像是從他心底敲出的喪鐘。」「人生的苦痛如煉獄，但擁有愛情也不會是天堂。」挪威畫家孟克，在愛情將他切成碎片之前，舉槍打傷了自己的左手，迫使情人徹底離去，「說狠，不如說笨。」鍾文音揣摩著孟克的心境說：「他只看著傷痕，然後痛得足以嘲笑自己永不可得的愛情淨土。」世間本無永遠高亢歡愉的情愛，愛的花朵凋零之後，每個人都得審視自己受傷的左手。

藝術家往往在病與非病之間的頹廢感官態度裡生活，這一幕幕病態與悲魔交織成的人生景象，鍾文音知之甚深。那迫使愛人走出

自己生命的男人，「當他想到他們曾如此地裸裎相見與十分親密時，午夜時，他頓然有置身黑夜籠罩下的小男孩般地痛哭失聲，覺得這種失去是近乎戰慄的心悸感。」鍾文音不斷地以作家的心靈之眼，窺視這三位過往者在人生列車上，漫漫旅途中，迅速飛逝於身邊的風光；也在自己的現實旅程裡，伸出想像的觸角，在藝術家曾經住過的屋宇，行走過的巷道，和奔跑過的院落天井裡，解放感官，試探任何闖越幽微深處的可能。

在芙烈達‧卡蘿的藍屋下，她理解了一切的瘋魔、病態與不安；在卡夫卡文學新館裡，靜靜地拉開裝置藝術的鐵櫃，閉上眼彷彿感受到《審判》和《城堡》裡，集體荒謬所施加於個體的扭曲力量。獨自流連於他們創作的地方，想像破曉前的深藍降臨在經年累月開啟的窗前，作家用他的文體祭獻自己，而內心的某一部份，則永遠為情人流血不止。

「愛是活著的唯一理由……我在傳奇的藍屋裡想著卡蘿，同時間我也無法不凝視我自己，而凝視我自己就等於凝視了一個曾經參與我生命的他者。」放逐自我在字海與思想的無邊無際裡，鍾文音俯視著自由的困頓與掙扎，曾經怎樣地出現在另一個世界的作家生命裡。以他們隱喻個人的自畫像，照見那總是教人尋尋覓覓的愛的樣貌。

《三戀三城》裡隱含了鍾文音的愛的尋覓與對孤獨的品味。嗅著古老城市的文藝氣息，傾聽巷弄屋瓦間發出悲憫的愛情鐘聲，墨西哥的卡蘿雖不能也不必與布拉格的卡夫卡交換命運，然而鍾文音卻得以在他們的命運與病痛之間來回穿梭，直到她以小說家筆法翻騰出散文之洋的層層巨濤，獨特而跨界的書寫視角便逐漸成形。

作者於旅途中落腳在溫泉小城，屋外星星很亮，卻是在黑色中無隱低調的亮。那樣銀樣的光澤，像是作者在書序裡鍛造所有認真

於文學寫作者身上的曖曖光芒。作家用生命凝聚出飽含歡樂、悲傷與一切心血的孤獨身影，就像某一晚域外的星星，在歷史的長夜裡，一閃一閃，很安靜，卻足以讓我們在闔上書本之後，油然升起一股對俗世生活很深的眷戀。

兩性對話？
——散文與小說過招

　　中年以後的男人一旦掉進昨日之戀如皎潔月光下的荷塘裡，便順手輕撫著那朵最嬌豔盛開的鮮蕊。眼裡盡是那馨瓣的柔光，心中升起了漣漪陣陣激盪的往日情懷。男人想起生平難忘的女人，頃刻搖漾在少男的夢裡，一時間彷彿回到了坐立難安，心裡滿滿，終日只想唱歌的年代。

　　中年男子一身滄桑在孤燈下，重新照見生命中曾經純情美好的片刻時光，有時也有無盡的話語只在不言中的默然，而頃刻間卻又滔滔不絕地對自己催眠似地訴說著那些華麗的午後，和難忘的夜晚。晚明一代文人歸有光，在小妾過世十年後，以片段式的剪接鏡頭，紀錄了一生珍藏的回憶。妻子的陪嫁婢初到時，剛滿十歲，垂雙鬟，一襲深綠色的布衣布褲拖得長長的，彷彿在說，小小的身軀不懂世間男女。歸有光依稀記得，某一日，天寒地凍，他從戶外回來，正要伸手從滿滿一盆熱荸薺中拈起一塊，小婢竟然將它整盆端起，故意不與！男人睜開眼睛，看見了她，一個俏麗不馴的「女人」！

　　時光荏苒，當小女人可以正式在主人身旁坐下吃飯的時候，情竇已開，眼中也有了一個「男人」。她輕輕地抬眼，自以為不動聲色，然而同在一個屋簷下，還有什麼躲得過女主人睿智的眸光？女主人只是一笑，男人有話，也只能藏在深情裡。小婢過世後，歸有光始能開啟記憶的寶盒，偷瞄一眼當年那雙多情美目如何向他遞送著冉冉的晶瑩。

　　多少年後，這篇小小的〈寒花葬志〉堂皇地走進了歸有光的全集，也還是個不怯生的小丫頭端坐在男性殿堂上的架勢，不容後人小覷她在他一生中所代表的意義。也是因為寒花不能書寫，否則她會有別於男主人的散文，而寫一部長篇小說，故事裡的女主角起初只愛坐在他的側面，習慣看著他的半邊臉，欣賞他的某一個角度，心裡幻想著要是能和他手拉手，拉成一條直線……。

　　寒花要是能寫一部小說，她會繼續發展情節，女主角生嫩的愛戀在夜裡被沒完沒了的撞擊，活活地撕扯著，她曾在撕心裂肺的痛裡，為他生了一個孩子，後來又生了一個，每一個孩子出生時都是血淋淋地與自己的身體割裂！我們無法奪走她的故事，於是她還要說，後來孩子死了，另一個又死了，她自己呢？當然活不了……。

　　男人寫散文，含蓄而彬彬有禮地讚美著「今生今世」所愛的女子，例如：胡蘭成說：「張愛玲的頂天立地，世界都要起六種震動！……她的亦不是生命力強，亦不是魅惑力，但我覺得面前都是她的人。……在她面前，我才如此分明地有了我自己。」於是男性散文家站上了一個女人拱手搭建的舞台，使自己串起整齣獨幕劇，主角一人獨白，指天說地道盡天下女人對他的寵溺。觀眾／讀者自然不會對眾多女子身影背後，那最張揚的男性魅力，視而不見。

　　散文家是個有話說不完的中年男子，每每說了又改，改了有悔，但還是要說，因為喜歡有人聽他喃喃細訴的感覺。胡蘭成分明記得「張愛玲亦會孜孜的只管聽我說，在客廳裡一坐五小時……聽我說話，隨處都有我的人，不管說的是甚麼，愛玲亦覺得好像『攀條摘香花，言是歡喜氣』。……我與愛玲卻是桐花萬里路，連朝語不息。」

　　小說家是個一心揭露的受傷女子，愛是傷，性是痛，《小團圓》裡盛九莉忍受著與邵之雍的性生活：「泥譚子機械性的一下一下撞

上來，沒完，綁在刑具上把她往兩邊拉，兩邊人很耐心的死命拖拉著，想硬把一個人活活扯成兩半，還在撞，還在拉，沒完，突然一口氣往上堵著，她差點嘔吐出來。」十幾年後，九莉到了紐約，嫁給汝狄，汝狄是個「闖了車禍就跑」的人，九莉打胎正肚子疼得翻江攪海，汝狄買了一隻烤雞，吃得津津有味⋯⋯。

男歡女悅，似舞似鬥，有時男人使盡武器，竟沒料到女人只出素手！面對《小團圓》一味地只說真話，胡蘭成或許還可以招架。他在散文作品〈民國女子——張愛玲記〉裡曾有名言：「她這樣破壞佳話，所以寫得好小說。」

第三樂章

欻見麒麟出東壁

——杜工部題畫詩中的駿馬藝術

　　唐代杜甫的三首題畫詩:〈韋諷錄事宅觀曹將軍畫馬圖歌〉、〈丹青引 贈曹霸將軍〉、〈題壁上韋偃畫馬歌〉說明詩家當年以長篇敘事詩和古題樂府等詩歌形制,顯揚盛唐的恢弘氣象,開啟草原與戰爭文化的歷史發展。並以開國功臣與名馬的歷史形貌,作為當時曹霸本人及其筆下所繪駿馬,重構藝術背景,使得題畫詩這一類題材,在杜甫手中展開了文化思考的藝術欣賞方向。同時,杜甫也以近體詩的精短篇幅和準確的動詞變化技巧,貼近中唐時代逐漸興盛的快速點垛寫意畫。以長篇題詠拉開文化歷史的縱深感;以短篇詩歌表現速寫的瀟灑精神,是詩人在此類題材中,獨特的藝術觀照與細膩的表現手法。同時,我們亦可於此三首詩的層遞中,發現宋代文人畫中所普遍強調的「逸格」與「逸趣」,事實上早在中唐時期已逐漸地發端與風行。

一、題畫詩的緣起

　　「題畫詩」創始於唐代杜甫,這是此類題材起源的普遍說法之一。清人沈德潛在《說詩晬語》卷下云:「唐以前未見題畫詩,開此體者,老杜也。」所謂題畫詩,如果專指題在畫作上的詩,以現有的資料審視,則確實是唐代興起的詩歌類型。然若不專指題於畫作上的詩,而是將所有吟畫、題畫、論畫,以及題扇畫、題壁畫、題屏風畫等詩作,都視為題畫詩,則六朝時期已有所聞。《全漢三

國兩晉南北朝詩》中收錄了東晉桃葉的〈答王團扇歌〉三首，其中：「七寶畫團扇，燦爛明月光。與郎卻喧暑，相憶莫相忘。」確為針對畫扇題詠的詩歌。而北周著名詩人庾信，在梁時也已作《詠畫屏風》詩二十五首，詩人生動地描繪了屏風上優美的畫作，在題畫詩的發展歷程中發揮明顯的影響，標舉了題畫詩於六朝時已經產生的事實。然而將題畫詩拓展詩學新境者，仍以杜甫居開展與啟發後代之功。清代王士禛在《蠶尾集》中指出：「六朝以來，題畫詩絕罕見。盛唐如李白輩，間一為之……杜子美始創為畫松、畫馬、畫鷹、山水諸大篇，搜奇抉奧筆補造化。」

至唐詩興盛的時期，題畫詩人不僅在詩題與序言中聲明題畫之旨，同時以詩歌詠唱畫作兼及畫師，並極力摹寫畫作本身的藝術特色，用以寄寓詩人的身世飄零與滄桑際遇。此後題畫詩單獨流傳散見於後世詩文集中，使讀者透過詩歌而於想像中再現了畫境，因不同讀者的理解與詮釋，更加豐富了畫作的藝術性。而另一方面，許多傳世的畫作上均可見書法形式優美的題詩，如此則又將詩的藝術形式帶向視覺性的審美意趣，與繪畫融合成耐人品味的美學空間，展現了「詩傳畫外意，貴有畫中態」的交織藝術。

時至宋代，題畫詩更可補充畫作上難以契及的渺遠境界，許多繪畫因為有了題詩，而更顯難能可貴的高雅與清逸。自唐以降，詩與畫其實都是文人雅士抒寫性情的生活調劑，所謂「丹青吟詠，妙處相資。」因畫家能狀，詩人能言，而詩人畫家皆非俗士，因此使兩項藝術綰合成水乳交融的個性化創作。如將題畫詩的歷史追本溯源，則《楚辭‧天問》中已經出現詩人觀看楚先王宗廟壁畫而激發其創作靈感的文本。爾後到了東晉，陶淵明的組詩《讀山海經》，其實也正是受到《山海經》中圖卷的影響而發展出來的一系列題詠。

隨著唐代詩歌與繪畫發展的並駕齊驅，題畫詩也由六朝宮體豔情的傳統，轉向文人風格化與美學精粹化的方向推出嶄新的性靈藝術境界。王維的〈題友人雲母障子〉詩云：「君家雲母障，時向庭野開。自有山泉入，非因采畫來。」自然山水進入詩歌與繪畫的天地，造就了題畫詩成為後世中國書畫與田園美學融合無間的幕後功臣。除王維之外，還有李白的〈當涂趙炎少府粉圖山水歌〉，詩中有：「洞庭瀟湘意渺綿，三江七澤情迴沿」之句，山水情致在詩人和畫家眼中釋放無限情意，詩人藉眼中淡彩的山水圖畫，舒展心中纏綿愁悵的思緒。使詩歌與繪畫兩種藝術作品各自展現了優美的情韻，同時又相互興發，於是在接受者的眼中，達到互為交織、對位的整體印象美學。

此外，李白在〈求崔山人百丈崖瀑布圖〉中描繪畫中的景象：「龍潭中噴射，晝夜生風雷」，後世讀者當可想見當年畫作中瀑布的壯麗。詩句無形中還原了詩人當時因觀畫而在心中升起與畫作對映的巨幅山水形象，詩歌藉畫起興的結果，無疑是將主觀的審美情趣藉文字以抒情，而詩歌終成為詩人藝術鑑賞的歷史蹤跡。

二、《杜工部集》題畫詩中的駿馬藝術

杜甫詩文集中題畫詩包括題畫松、畫馬、畫鷹、畫鶴、畫山水等，幾乎都是杜詩名篇。其中三首題畫馬詩，分別為〈韋諷錄事宅觀曹將軍畫馬圖歌〉、〈丹青引贈曹霸將軍〉、〈題壁上韋偃畫馬歌〉，就詩作體裁而言，其中包含了小型敘事詩、樂府古題和七言律詩；以詠畫中筆意觀之，則前兩首描述工筆的藝術，最後一首讚嘆水墨寫意即興藝術之美。杜甫以古風歌行拉開唐代名將戰馬、列日狂沙的汗血歷史，以皇室壁雕與內苑寶馬為眼前所題畫幅，擴充想像的

空間與時間美學，使新圖像與盛唐繁華疊影，又從而對照出今昔盛衰的興亡感。

與此相對的是，詩人運用精短的詩篇，以及形容畫家快速點簇，與觀畫者忽然看見等生動的修辭，營造出在唐代漸為風尚的粗筆寫意畫，並在詩中還原了寫意畫的創作過程，表現速寫的當下即帶有文人墨戲的意味。而這樣的題畫詩，適與當時朱景玄等人的畫論互為印證，可見唐代天寶以後，詩、畫風格的轉變，乃至宋代文人畫的開端，可於杜甫的題畫詩中追溯其歷史源流。

（一）驍勇善戰的開國氣象
──〈韋諷錄事宅觀曹將軍畫馬圖歌〉

> 國初已來畫鞍馬，神妙獨數江都王，將軍得名三十載，人間又見真乘黃。曾貌先帝照夜白，龍池十日飛霹靂。內府殷紅瑪瑙盤，婕妤傳詔才人索。盤賜將軍拜舞歸，輕紈細綺相追飛。貴戚權門得筆跡，始覺屏障生光輝。昔日太宗拳毛騧，近時郭家獅子花。今之新圖有二馬，復令識者久歎嗟。此皆騎戰一敵萬，縞素漠漠開風沙。其餘七匹亦殊絕，迥若寒空動煙雪。霜蹄蹴踏長楸間，馬官廝養森成列。可憐九馬爭神駿，顧視清高氣深穩。借問苦心愛者誰，後有韋諷前支遁。憶昔巡幸新豐宮，翠華拂天來向東。騰驤磊落三萬匹，皆與此圖筋骨同。自從獻寶朝河宗，無復射蛟江水中。君不見、金粟堆前松柏裡，龍媒去盡鳥呼風。

唐朝開國之初即因軍容壯盛，北方民族驍勇善戰，以致畫家繪製馬圖的風氣逐漸開啟。杜甫即以詩作將歷來帝王與名將的坐騎，如：拳毛騧、獅子花，以及照夜白等名駒駿馬，做歷史影像的層層

疊繪，交輝出詩人眼前新絹中，霜蹄蹴踏、騰驤磊落的九匹神駿之文學意象。同時，詩人眼中的畫家曹將軍，也與開國主將以及平亂的將軍，形成藝術形象的疊影，淡化畫家本人的現實感，增添了其人與其畫交融成一體的複合造型。杜甫解讀畫作的過程，體現了感時憂國的文學家對歷史的幾度滄桑與人世興衰的強烈感受。他擷取了太宗到玄宗年代，驍健戰馬的魂魄為眼前剛勁流暢的線條，與沉著典雅的設色賦彩。

〈韋諷錄事宅觀曹將軍畫馬圖歌〉反映了作者對盛世由繁華走向衰落的主觀理解。因而選取太宗的昭陵六駿為起始，以玄宗巡幸新豐宮所見三萬匹寶馬為終；以畫家曹將軍當年意氣銳不可當開篇，直寫到「金粟堆前松柏裡」，頗有「行樂只需少年，尊前看取衰翁」之嘆。曹將軍的藝術形象，始藉英雄帝王唐太宗予以鋪墊，《舊唐書·本紀第二》記載：「太宗幼聰睿，玄鑒深遠，臨機果斷，不拘小節。」正因為他天生聰穎，處世大度，因此在隋末重將才之中脫穎而出，先後迎戰魏刀兒、宋老生、薛舉、宗羅、宋金剛，乃至於王世充、竇建德等等，都能大破敵軍。李世民無論擁有多龐大的軍隊，他本人所騎乘的六匹駿馬始終是他戰術上重要的主角。如今傳世的「昭陵六駿」浮雕藝術，說明了這六匹駿馬是他軍事生涯的一切。

這六片刻工質樸淳厚的浮雕藝術，提醒世人注意李世民的坐騎全都不匹罩甲，而以高速的衝殺敵陣為其戰鬥的基本模式。李世民往往在兩軍交鋒之際，帶領幾十名驍騎直衝敵陣。有時僅有尉遲敬德一人作伴，他也以自己為先鋒，憑藉人、馬生命合一的英雄之姿，讓自己成為誘餌，以肉身直接感受敵軍的虛實強弱，在敵陣裡穿梭，如入無人之境。當他一邊放箭，一邊撤出敵陣的同時，自然引發了千軍萬馬的追殺，接著李世民將敵軍引入自己的陣營，採取裡應外合的策略，殺得敵人喪盡膽氣。「太宗以輕騎突圍而進，射之，

所向披靡，拔高祖於萬眾之中。」「太宗將驍騎數十入賊陣，於是王師表裡其奮，羅大潰。」「太宗率精騎擊之，衝其陣後，賊眾大敗。」「世充率精兵三萬陣於慈澗，太宗以輕騎挑之。時眾寡不敵，陷於重圍，左右咸懼。……太宗左右射之，無不應弦而倒。」（後晉　劉昫《舊唐書‧本紀第二》）李世民的坐騎不罩甲，不設防，馬的輕靈與快捷與否，直接關係著主人的安危。開國天子縱情神勇的孤膽英姿，以及奇靈的戰術，直接反映在唐代的藝術文化史中，也成為杜甫讚嘆曹霸畫馬豪邁的歷史背景！

　　從「二十四平天下」，到三十七歲下令雕刻「昭陵六駿」，昭陵為唐太宗與文德皇后的合葬墓，墓旁祭殿列置「昭陵六駿」石刻，其中三匹作奔馳狀，另三匹為立狀。六駿均為三花馬鬃、束尾的戰馬形象，配有鞍、韉、鐙、韁，以畫家閻立本手稿雕刻而成。1914年八國聯軍入侵，颯露紫與拳毛騧的石刻遭盜賣，現藏於美國賓夕法尼亞大學東亞博物館。其餘四片石刻於1918年被人敲成幾塊企圖盜運出國，不成，現藏於陝西省博物館。南宋時期，金人趙霖曾模仿韓幹畫法，在契丹游牧民族的放牧與騎射等現實生活基礎中，重構了「六駿圖卷」。軍人皇帝總括了李世民的半生戎馬事業，念念不忘的仍是那騰蹄飛奔的拳毛騧、什伐赤、颯露紫、白蹄烏、青騅、特勒驃。因命宮廷工藝畫家閻立德、閻立本，以浮雕描繪這六匹戰馬騰躍追風的形象，並列置於陵前。作為他一生輝煌績業的表徵，顯示日後為人所樂道的「貞觀之治」，在他的心目中，始終不及六駿意義深遠。此後流風未沫，皇室的寶馬成為畫家臨摹的重要藝術形象，在杜甫的時代裡，畫技最為精妙傳神者，當推唐太宗的姪子江都王李緒。

　　而曹霸將軍也是當時一位畫馬的名家。他專攻這項題材至少累積了三十年的功力。同時也因為他往往能見到媲美古代乘黃的人間

神駒，故而留下了玄宗皇帝的許多寶馬圖作。杜甫詩中說明，畫家將這匹神馬表現得恍如騰龍飛舞，使觀畫者彷彿聽見其聲氣如雷。皇帝也因他的畫技神妙而親賜珍貴的細絹綾綢與殷紅瑪瑙。貴戚權門也以得到他的畫作為光榮。從前唐太宗的寶馬「拳毛騧」，後來郭子儀的良駒「獅子花」，以及杜甫眼前這幅名畫中的兩匹馬，在在都教行家們感慨讚嘆良久。這些以一勝萬的寶馬，使人展開畫卷之際，眼前即似飛過奔馬揚起的風沙。

畫中另有七匹堪稱奇絕的駿馬，其色黑白分明猶如寒空中飄送的煙雪。馬蹄踏在楸樹夾映的大道上，馬倌和役卒蕭立成列。九匹駿馬英姿競雄，昂首闊視，氣宇不凡。是誰真心愛護這些神駒？前有支遁，後有韋諷，他們都是苦心愛惜良馬的人。試想當年玄宗皇帝巡幸新豐宮，車駕上的羽旗招展浩蕩，三萬匹精良坐騎騰躍的盛大場景中，每一匹馬的筋骨都與畫中的神駒雷同。只是自從唐玄宗駕崩之後，便不再有人射蛟於江中，帝王陵墓前的松柏林裡，良馬去盡，如今只有鳥兒在此啼雨呼風。

這首詩通篇寫畫馬，而人事的興衰際遇也同時寄託其間。杜甫是歷經玄宗、肅宗、代宗三朝的詩人。晚年在異鄉偶遇玄宗時代烜赫一時的將軍畫家，心中頓時興起世事滄桑，浮生若夢之慨。正因為他本人曾經遭逢許多興衰際遇，因此題詠畫馬，便不只是單純的寫物，而是將心中的寂寞與複雜心情，再以更落寞低沉的生命色調，鋪染疊影於曹將軍的藝術形象之上，繪製出層層疊疊的英雄帝王、百戰將軍、落拓畫家、流浪詩人的滄涼與悲哀，此一每下愈況的疊影恰與浪漫張揚的駿馬藝術反向構圖，形成了人與馬對位的文學意象。詩中高遠的文化氣度，與時空交錯、文氣跌宕、人物命運的相互比附，突顯了唐代雍容富麗的輝煌藝術，與當時彪炳的戰馬精神交輝掩映，終而凝聚在曹霸將軍的單幅畫作中，使文學題材既

遊於繪畫之外，又回到眼前的具體物象之中，後世讀者於詩中想像當年畫作，因而感受到文學的雋永與興味。

（二）慘澹經營的皇家氣派——〈丹青引贈曹霸將軍〉

將軍魏武之子孫，於今為庶為清門。英雄割據雖已矣，文采風流今尚存。學書初學衛夫人，但恨無過王右軍。丹青不知老將至，富貴於我如浮雲。開元之中常引見，承恩數上南薰殿。淩煙功臣少顏色，將軍下筆開生面。良相頭上進賢冠，猛將腰間大羽箭。褒公鄂公毛髮動，英姿颯爽猶酣戰。先帝天馬玉花驄，畫工如山貌不同。是日牽來赤墀下，迥立閶闔生長風。詔謂將軍拂絹素，意匠慘澹經營中。斯須九重真龍出，一洗萬古凡馬空。玉花卻在御榻上，榻上庭前屹相向。至尊含笑催賜金，圉人太僕皆惆悵。弟子韓幹早入室，亦能畫馬窮殊相。幹惟畫肉不畫骨，忍使驊騮氣凋喪。將軍善畫蓋有神，偶逢佳士亦寫真。即今漂泊干戈際，屢貌尋常行路人。途窮反遭俗眼白，世上未有如公貧。但看古來盛名下，終日坎壈纏其身。

曹霸將軍原為魏武帝曹操的後代，而今卻淪為平民，窮居寒門。英雄割據天下的時代已經一去不復返了，而將軍仍繼承了祖上留下的藝術氣息與文采風流。正如王羲之初學書法而拜在衛夫人門下，曹霸的書畫也出自名家調教。儘管成就未必超越王右軍，然畢生樂在畫中而不知老之將至，即視富貴亦如空中浮雲。

開元年間曹霸曾被召見入宮，承受皇恩而多次登上南薰殿。當時淩煙閣的功臣畫像已年久褪色，經過曹將軍的揮筆描補因而重開生面。畫面上的良相們個個又戴上了進賢冠，武將們則重新配戴了

76

大羽箭。褒公鄂公的毛髮栩栩然如在抖動,形象英勇神威彷彿正在酣戰。玄宗的寶馬「玉花驄」在眾名家的筆下,展現了不同的風貌。某日,當牠被牽到殿前的紅階下,那昂首屹立於宮門前的英姿,使眾人驚豔。而曹霸就在御前展開絲絹準備作畫,經過他的匠心獨運、慘澹經營,片刻後九天龍馬便顯現在絹絹上。一比之下,萬代名馬都成了凡庸之輩。

不久之後,玉花驄的圖畫被掛在皇帝的寶榻上,與殿前的本尊交相輝映。皇帝含笑催促左右賞賜,太僕與馬倌們卻都相形失色了。曹霸的弟子韓幹得到老師的真傳。他也能畫各種造型的馬匹,而且畫作也極其精良。只是韓幹的藝術另外凸顯了自己的風格,他所畫的馬多肥大少骨,這恐怕徒使良馬的精神喪失了。曹將軍的畫之所以傳神,是因為他善於捕捉人物的神韻。有時偶爾遇到名士,他也肯為他們動筆寫真。如此一代名家,在戰亂之後,受盡世人白眼,過著極度清貧的生活,可知歷來負有盛名的人,最終難免潦倒。

這一首敘事詩寫出了畫馬名家的時運,題目標明「贈予曹霸」,因而詩中道盡作者對眼前這位藝術家的悲憫情懷,同時也將自己飄零的身世,和看盡世態炎涼的滄桑心境,透露在作品中。回首唐朝燦爛的文化、發達的經濟與開明的政治,在在都是當時世界之首。文化的璀璨也同時表現在政治環境中,與天子朝臣相得益彰。在曹霸之前唐代初期的著名人物畫家有閻立本,他所畫的天子、大臣個個神采奕奕,形象逼真。杜甫的〈丹青引〉中,形容曹霸修補閻立本壁畫,使得:「良將頭上進賢冠,猛將腰間大羽扇,褒公、鄂公毛髮動,英姿颯爽猶酣戰。」詩句形容畫中「秦府十八學士」的圖像,其動態的文字修飾猶如啟動閱讀者興寄慨歎的機括,使後人對這些畫作興發許多比賦與投射。

　　閻立本在藝術上繼承南北朝的繪畫傳統，他善畫道釋、人物、山水與鞍馬，尤以道釋人物畫像著稱於世。他曾在長安慈恩寺兩廊繪製壁畫，頗受時人稱譽。《宣和畫譜》記載宋代宮廷內府專門收藏閻氏作品，其中道釋題材占了半數以上。他又工寫真，不少肖像畫都是當時朝廷為了表彰功臣勛業而創作的。武德九年（626年）所繪〈秦府十八學士圖〉就表現了秦王李世民麾下的功臣房玄齡、杜如晦等十八位文人的身材、相貌、服飾、年齡，以及神情，每位都賦予了生動而具體的刻畫。貞觀十七年（643年）閻立本又奉詔繪製長孫無忌、李孝恭、魏徵、房玄齡、杜如晦等二十四位功臣像於凌煙閣，成為繼漢代麒麟閣畫功臣肖像之後，又一次大型政治性群像畫的藝術創作。唐代凌煙閣畫像原已不存，北宋元祐五年（1090年）游師雄曾據流傳粉本摹勒上石，因此現有少部分石刻畫像流存於陝西省麟游縣，計存蕭璃、魏徵、李勣、秦叔寶等繪像，皆全身執笏肅立，可惜面部形象殘毀。而杜甫在〈丹青引〉中歌詠凌煙閣肖像：「良將頭上進賢冠，猛將腰間大羽箭，褒公（秦瓊）、鄂公（尉遲恭）毛發動，英姿颯爽猶酣戰。」由文字記載看來，畫作當時是非常傳神的。閻立本還曾奉詔為唐太宗畫像，後經人傳寫於長安玄都殿東壁，也是傳世名跡。

　　閻立本的作品顯示出剛勁的失線描，較之前朝作品具有更豐富的表現力。畫中古雅的設色，往往給人沉著而又富於變化印象。其人物畫所呈現的精神狀態亦飽含了細膩的刻畫筆觸，使其畫作超越了南北朝和隋代的藝術水準，因而被譽為「丹青神化」。杜甫所作〈丹青引〉的題名，便是因此而來。其中「引」字則上溯至古詩的樂府體。杜甫在〈丹青引〉中，還間接評論了曹霸的弟子韓幹的畫馬技巧。在著名的〈牧馬圖〉中，畫家描繪出駿馬肥碩雄傑的英姿。圖中黑白二馬，旁有馬倌虯髻戴頭巾，手執韁緩行。此圖線條纖細

遒勁，勾勒出馬的健壯體形，黑馬身配朱地花紋錦鞍，更顯神采。畫中人物衣紋疏密有致，結構嚴謹，用筆沈著，神采生動，純從寫生得來。元代湯垕《畫鑒》評述韓幹道：「畫馬得骨肉停勻法……至於傳染，色入兼素。」宋代董逌《廣川畫跋》則云：「世傳韓幹凡作馬，必考時日，面方位，然後定形骨毛色。」這些記載說明了從曹霸到韓幹，宮廷畫家工筆技巧在寫實層面的著力發揮。〈牧馬圖〉後收錄於《名繪集珍》，畫面左上方有宋徽宗趙佶以瘦金體所題：「韓幹真跡，丁亥御筆」。可知唐代剛勁的工筆描畫技巧，與沉著大雅的染色風格，深受宋代宮廷畫派的重視。

（三）蜀地的野逸風格——〈題壁上韋偃畫馬歌〉

> 韋侯別我有所適，知我憐君畫無敵。戲拈禿筆掃驊騮，欻見麒麟出東壁。一匹齕草一匹嘶，坐看千里當霜蹄。時危安得真致此，與人同生亦同死？

這是一篇令人感受溫馨的小品，韋侯離開杜甫前往外地之前，念及老友喜愛他的畫，便拿起一枝禿筆即興揮寫。頃刻，一匹天馬龍駒的輪廓與形象忽然出現在東面牆上，則韋偃畫馬的速度堪稱一絕！畫中的兩匹馬，其一低頭嚼草，另一匹則引頸長嘶，韋偃並非宮廷藝術家，這幅畫馬圖又創作於壁上，作畫之時只有杜甫看見，此作傳世的機會也相對地渺茫，因此杜甫於詩歌中描寫出兩匹馬相對視的動態畫面，自然引導讀者於想像中，完成整體構圖的協調。杜甫是位懂得觀畫的人，他靜靜坐下觀賞良久，默默地讓由藝術轉化為文學的想像在內心發酵，經過一段時間的欣賞與思維的沉澱，面對這凌霜蹈雪的駿逸姿態，想像牠們日行

千里的風馳電掣，心中升起亂世人潛在而迫切的需要：若能得此良馬，真能與人同生共死了。

韋偃本是京兆人，後來寓居蜀地，唐代朱景玄在《唐朝名畫錄》中指出：「韋偃居閑嘗以越筆點簇鞍馬，其小者或頭一點，或尾一抹。巧妙精奇，韓幹之匹也。」事實上，韋偃與曹霸、韓幹等畫家不同之處，在於他不用勾勒線條的方式描繪物體形狀，而習慣以點筆狀物，這樣的技法稱為「點垛」。中唐時期在京兆以外，廣大的江南乃至巴蜀一帶，畫家時常以速寫的方式，隨意揮灑作畫，時人稱之為「點點簇簇」。韋偃的鞍馬、人物、山水諸畫，即以點簇的筆法捕捉山水雲煙的氣象萬千。他以墨斡、手擦等技巧，曲盡物之神韻。在杜甫的另一首〈戲韋偃為雙松圖歌〉中，亦提及韋侯能以此種筆法，將松幹因皮裂剝蝕，揮灑得如同龍虎之骨朽；而松枝屈曲交迴，又給人陰森如陰雨垂下的感覺。韋偃的畫風因而一改曹霸、韓幹的寫實風格，發揮成酣暢淋漓、快意瀟灑的水墨戲筆，而且其中亦不乏傑作，使人感受其老松異石的勁健與奇氣。事實上，韋偃是當時蜀地的高僧名士，閱讀出入佛經史卷，足跡遍於名山勝水，自然與人文成為他的藝術底蘊，淡淡幾筆寫意畫，也可視為他對生命的體會，和每個當下的心境寫照。此後流風餘韻傳至晚唐，孫位的龍水松石鷹犬，亦以水墨寫意為之。

在唐以前，南朝梁元帝蕭繹在《山水松石格》中云：「高墨猶綠，下墨猶䨿」，當時畫家如欲表現綠、紅兩色，乃至五彩繽紛的繁華物象，皆以濃淡多層次的水墨變化表現，使黑白畫面呈現多層次的色彩感。因此繪畫界漸漸意識到「墨分五色」：焦、濃、重、淡、清，務使墨的用法變化多端，隨畫家對物象的深入領會而展現畫作的詩意。唐以後，五代徐熙亦以墨為主，創立了「野逸」一格的水墨花鳥畫風，與當時黃荃的重彩工筆花鳥，形成美麗的對照。

　　相較於漢魏六朝沿習西域佛教藝術維持線條勾勒與堆金重彩的繪圖方式，水墨寫意的初步規模大致成形於唐代前後。所謂「逸品」亦由晚唐朱景玄於《唐朝名畫錄》中提出。書中延用張懷瓘的說法，將所錄畫家分為神、妙、能三等，又在三等之外再立「逸品」之目，並云：「其格外有不拘常法，又有逸品以表其優劣也。」因而他所謂的逸品，乃指無常法可依循的特殊繪畫作風，當時論者一時無法將之納入正統畫風之內，因而其品評也反映了速成寫意初興階段，人們面對王洽、張志和、李靈省等畫家狂逸的水墨風，開始調整長期積澱的審美意識。面對日趨主流的新水墨藝術風格，也考驗著當時論畫者的美學素養與接受度。

　　中、晚唐之後，蜀地畫錄多半延用朱景玄的品評，如五代黃休復的《益州名畫錄》，也在蜀地的名畫基礎上，進而將逸品改稱「逸格」，並將逸格提升到三等之上的最高境界：「畫之逸格，最難其儔。挫規矩於方圓，鄙精研於彩繪；筆簡形具，得之自然，莫可楷模，出於意表，故目之曰逸格耳。」逸格之風格，不重形似，不做細描，筆畫精簡，卻難以摹描，作品往往出人意表，畫家以粗筆水墨等技法，使物象不被輪廓線條所拘束，有時作畫工具不需好筆，甚至不限於毛筆，張彥遠評之曰：「不見筆蹤」，頗具禪意。尤其是水墨寫意畫家所擷取者為最簡括的形象，並不再做精細的描寫與裝飾，以其不重形似。而作畫時畫家下筆奔放恣肆，又彷彿一場酣暢的抒情性演出，因此杜甫在〈題壁上韋偃畫馬歌〉中形容畫家繪畫的過程：「戲拈禿筆掃驊騮，欻見麒麟出東壁。」韋偃以禿筆快速掃出生動躍然的對馬，使杜甫驚異於眼前的壁上畫，透過詩人的描述，使讀者感受韋偃心境的瀟灑寫意，與詩書文墨、山水丘壑俱了然於胸的人生化境。

三、從「形神兼備」到「蕭條淡泊」

　　中國古代文士將詩與畫，融入同一畫面中，形成完整的統一體，既有別於西方藝術，因而特具鮮明的文化色彩。歷史上曾出現許多著名的題畫詩，詩中不僅詠歎繪畫的意境，同時以詩詞在畫面中所佔的位置看來，實際上也構成了繪畫的一部分。詩畫的融合在唐代成為騷人墨客追求藝術情境的具體展演。以詩詠畫，發揮畫裡意境，進而開拓了人們對畫作鑑賞與解讀的各種可能。詩畫的結合，無疑使詩人在接受與鑑賞的角度中，發揮藝術欣賞的多元層次，同時也使繪畫重新展現思想的高度，杜甫的題畫詩可謂此中代表。《杜工部集》中的十八首題畫詩很深刻地將繪畫藝術所透露的文化內涵描述出來，同時杜甫真誠地貼近畫家創作思維，並真心感動於藝術家全心投入創作時的忘我境界，使畫中的風韻，透過靜心傾聽的心靈，體現在無處不沾染濃情畫意的詩作中。

（一）文人畫的開端

　　杜甫三首以畫馬為題材的題畫詩，反映了當時文人對詩、畫的審美意識正逐漸從「形神兼備」走向「蕭條淡泊」。他推崇瘦、硬的藝術風格，強調摹寫的傳神，不應僅滿足於形貌的描繪。在前文所引述的〈丹青引〉中，他稱讚畫家曹霸「將軍善畫蓋有神」，而批評其弟子韓幹：「幹惟畫肉不畫骨，忍使驊騮氣凋喪。」另外在〈畫鶻行〉中杜甫也說道：「高堂見生鶻，颯爽動秋骨。……乃知畫師妙，巧刮造化窟。」詩人指出繪畫在追求形似的同時，更重要的是力求傳達物象的神韻氣質，表現出所繪主角內在的精神氣度，

這樣才是真正的栩栩如生，巧奪天工。杜甫對繪畫的主張，事實上可說是以「傳神」為其標準。

中國繪畫重神寫意，自東晉顧愷之到晚唐張彥遠，其間的發展歷程也是我們欣賞題畫詩的重要背景。東晉顧愷之提出人物畫須達到傳神寫意的美學境界，顯示中國人物畫的審美觀點。在顧愷之時代，繪畫的標準已由「形似」進入到「神似」的階段。至晚唐張彥遠，著意於對人物畫傳神寫意的發揚，尤其是他從顧愷之「以形傳神」的觀念裡，特別轉進到「以神帶形」，亦即運用氣韻帶出描繪對象的具體形貌。這項主張「氣韻生動」新觀念的提出，對中國人物畫的發展具有深遠的影響。

此外，杜甫在題畫詩中也曾提及王羲之的〈蘭亭序〉，書法之「韻」與詩畫觀念的合流，也在杜詩中隱然形成一貫的藝術理念。文人講究書法的走勢、單一線條與整體結構的完美律動，書法彷彿紙上的舞蹈，在不平衡的折線與具有速度感的彎曲線條中，暗示生命的變動與波折。筆順的下壓、微頓與疾行，偶然出現的飛白與潑濺，本身即是意象豐富的印象式圖畫，成為文人筆下幾竿細竹蘭葉、山石花鳥、人物寶馬的基本原型。而詩人也在畫家一氣喝成的運筆節奏中，領略詩歌文學的精神涵養。許多詩境被取來作為畫作的素材，又因山水畫與山水詩的同時興起，自唐朝王維到宋代蘇軾，一路開展詩書畫合流的境界。詩書畫中的專門術語經常轉介通用，如楷書中「逆鋒落筆」，以及顏真卿對張旭筆法十二意的體會等，都對詩人的寫作與畫家的著眼點有所啟發。

中唐以後參與繪事的文人逐漸增加，繪畫思想與論畫文字的發展因此往前跨越了一大步。當時文人以為對繪畫的藝術要求不能只停留於「再現」物象的想法上，他們進而省思「逼真」與「肖似」的意義，並且將其對繪畫的注意力由畫作轉移至畫家本身，一方面

追索創作源頭，還原繪畫的靈感來源與創意發生當下的具體實踐，以及創作瞬間出其不意的可能變化，同時評畫者亦不斷地省思如何才能產生一幅好作品。因為詩興的啟發與繪製工藝的進展，開拓了鑑賞與辨識畫作藝術水準的新尺度，簡言之，欲超逸於物象之外，必得反求諸己。詩人在繪畫的物質表象之外，探索新的美學可能，在視覺的體悟中融入聽覺、嗅覺，乃至於觸覺等多元豐富的平面空間所欠缺的感官經驗，於是形成了繼承中唐以後的宋代文人思維：「詩是無形畫，畫是有形詩」、「詩是有聲畫，畫是無聲詩」等詩畫合一的藝術新理念。鑑賞者因此逐漸以「畫外之意」為賞畫審美愉悅性情之所繫。而宋人「畫外之意」的美學觀點，事實上又可回溯至杜甫在題畫詩中，以文化、歷史為參照的論畫視野。

（二）逸格的緣起

逸格與文人畫的關係密切，杜甫〈醉時歌〉云：「相如逸才親滌器。」詩中指陳文學家超逸豪放的意興，使後世更直接稱之為「逸興」，或稱脫俗的藝術品為「逸品」。「逸」之作為文學與藝術所追求的高品味意境，始於魏晉時期玄學風氣的盛行。當時超逸的氣度成為自人品、文風，一直影響到繪畫等領域的指標。同時也由於人們對於美學的體認尚在寫實與寫意之間徘徊，因此彼時畫家們所追求的最高標準還在於「神」，所謂「形神兼備」也。在文學與繪畫上，如何使用筆技巧達到表現自我胸中逸氣的境界，杜甫於此間所做的開端，啟發了宋代文人的藝術心靈。回顧魏晉南北朝的畫家創作與審美標準，宗炳所謂：「神本亡端，棲形感類，理入影跡，誠能妙寫。」王微則說：「本乎形者，融靈而變動者，心也。靈無所見，故所托不動；目有所極，故所見不周。」這些言論說明當時畫家也想藉物傳達其主觀情志，然而精神之無可言狀，則必待之以自

然山水等具體形象，方能使其成為抽象精神的外在顯影。因此，在山水畫初興的階段，宗炳等人的理論還是不免受到追求形似的影響。他將遊歷山水的經驗，繪製成圖畫掛置於室內，藉以以彌補體力衰老以後無力出遊之憾，所謂「臥游」便是藉繪畫以追憶，同時也澄懷觀道，因此他注重畫作的形與色。宗炳、王微、顧愷之等同時代畫家，所展現的理論特色均在「以形寫神」的發展階段。準此，我們便同時可以理解謝赫「六法」為何也以「形神兼備」作為繪畫品評的最高原則。

逸格標準的提出事實上與中唐代以後的「文人畫」的意識相關。一方面因此時的繪畫技藝漸趨多元與成熟，繪畫題材也不斷地豐富、擴大。舉凡山水、花鳥都從人物畫裡獨立出來，杜甫詩中出現的韓幹，及其同時的刁光胤、薛稷、王維、王墨等人，都是此行的專家。另外，繪畫技法的革新，尤其是王墨開創潑墨，突破了先勾輪廓再填墨的傳統，這正是杜甫〈題壁上韋偃畫馬歌〉的對應背景。至於五代徐熙創造沒骨畫法、荊浩等人熟練地使用皴法，都為畫家提供了發抒逸氣的窗口。中國繪畫發達於唐代，繪畫表現力的提高，以及文人階層的擴大，文人畫的意識也在沈睡中被逐漸喚醒。唐代先後出現了王維、王洽、孫位、韓幹、張志和等以畫寄託思想的畫家，他們的作畫動機與所使用的繪畫方法，在在影響了宋代以後的文人畫派。

王維於開元九年中進士，官至尚書右丞，中年後長期隱居，過著恬靜、悠閒的生活。他的畫也多以恬靜、悠閒的生活情調為主，筆意清潤，兼以潑墨的高遠意境。《唐朝名畫錄》評其畫曰：「《輞川圖》山氣悠悠盤盤，雲水飛動，意出塵外，怪生筆端。」文人畫家孫位具有同樣的典型，宋人黃休復在《益州名畫錄》評價孫位曰：「性情疏野，襟抱超然……鷹犬之類，皆三五筆而成。弓斧柄之屬，

並輟筆而描，不用界尺，如從繩而正矣。其有龍拿水洶，千狀萬態，勢欲飛動；松石墨竹，筆精墨妙；雄哉氣象，莫可記述。非天縱其能，情高格逸，其孰能與於此耶。」文中「三五筆而成」的簡筆畫法，與「並輟筆而描」的隨興揮灑，可使人想見中唐畫壇的文人畫家形象。

（三）文人逸趣的成形

儘管唐、五代已有詩人畫家書寫胸中逸氣，然而當時居於畫壇最高地位者，仍推形神兼備的吳道子一派的畫家。這也就是杜甫十八首題畫詩裡往往強調畫作中的主題，與現實生活裡的實物之間神韻相似，兩兩相映成趣的原因。在〈丹青引　贈曹霸將軍〉中，詩人描述真馬與畫馬同現，而畫馬精神仍取得獨立地位的藝術佳話：「先帝天馬玉花驄，畫工如山貌不同。是日牽來赤墀下，迥立閶闔生長風。詔謂將軍拂絹素，意匠慘澹經營中。斯須九重真龍出，一洗萬古凡馬空。玉花卻在御榻上，榻上庭前屹相向。」「至尊含笑催賜金」、「輕紈細綺相追飛」等句，說明帝王再愛真實的寶馬，也不能不為畫家筆下逸興遄飛的藝術駿馬喝采，因此立刻催促對畫家的賞賜。

「逸格」作為藝術品評標準的出現，在水墨山水與田園詩風之間已經爭得了一席之地，提供畫家與詩人在傳統技法之外，進行不拘格套，抒發個性的新路徑。然而逸趣的全面開展，還必待之於宋代文人。歐陽修、王安石、蘇軾、趙令穰等往往在政務之餘醉心於書畫，同時暢言繪畫貴在「自娛」，因此取樂於畫，不拘形似，反能追求物象之外主觀情思的抒發。在美學上呈現蕭散簡遠、澹泊清新的旨趣。歐陽修云：「蕭條淡泊，此難畫之意。畫者得之，覽者未必識也，顧飛走遲速，意淺之物易見；而閒和嚴靜趣遠之心難形。

若乃高下相背，遠近重復，此畫工之藝而非精鑒者之事也。」宋代文人欣賞的是「蕭條淡泊」的境界，蘇東坡說：「吳生雖絕妙，猶以畫工論，摩詰得之於象外，有如仙翎謝籠樊。」詩中明確指出得之象外的王維，其境界遠在畫聖吳道子之上。歐陽修、蘇東坡、文同等文人由是將「逸品」推上品畫的至高位階。

蘇東坡在〈書摩詰藍田煙雨圖〉中說道：「味摩詰之詩，詩中有畫；觀摩詰之畫，畫中有詩。」王維是唐代著名的山水畫家，又是著名的大詩人。他在中國的山水畫和田園詩的發展史上，都占有重要地位。他買下初唐詩人宋之問的別墅「輞川」（又名「輞水」），作為晚年隱居的地方。因為非常喜愛輞川的景色，於是他為輞川二十景寫了二十首詩，他的好友裴迪也寫了二十首，這四十首詩便合成了《輞川集》。喜愛輞川的王維在他所畫的《輞川圖》裡以別墅為中心，將四周的山石起伏，以及山腳下樹林的疏落有致，揮灑得安詳自得，很有王維本人生命情調裡帶給人的清新脫俗感，這些詩與畫都反映出王維當時的心境，是多麼的安逸與自在。世人也由此看見他的詩歌藝術成就與他在山水畫方面的造詣具有相當密切的關聯，而他的作品也就成為中國古代詩畫結合的最佳典型。蘇東坡云：「詩中有畫」，指出了王維詩歌的意境清韻綿渺一如他的山水畫；而「畫中有詩」，則又道出王維畫境上的悠遠情調可與其田園山水詩風相互取譬。無論詩與畫，都著意描寫作者的內在心境，抒發內在真實情感，二者同屬藝術範疇，精神也有相通之處。

蘇轍在〈汝州龍興寺修吳畫殿記〉中曾說：「余昔游成都，唐人遺跡遍於老佛之局，先蜀之老，有能評之者曰，畫格有四，曰能妙神逸。蓋能不及妙，妙不及神，神不及逸。」先蜀之老即黃休復，他以逸格、神格、妙格、能格為順序提出美學評價的標準，在《益州名畫錄》中對四格作出論述指出：逸，是一種至高境界，

脫略了一切規矩方圓，超越於一般藝術表現，向上開出審美創造的自由天地，並於此間摒除彩繪精研的匠意，主張用簡筆使一切得之自然，無從仿效。逸格是伴隨著文人風氣的開展，至宋徽宗主持宮廷畫院時以神、逸、妙、能為美學價值順序而遭到反對時，則逸格的審美地位已無可動搖，對宋元明清的畫論與文學創作均產生重要的影響。

　　逸品成為繪畫批評的理念，使得筆墨實踐也大步邁向自由揮灑的境地。其間個人感情真實濃烈，皴染美學層層蛻變，文人的選取題材也轉而側重於山水、花鳥。蓋因人物畫創作需要較多的技法與實際經驗，無形中壓縮了以畫自娛的自在空間。文人以畫為寄託，著意抒寫胸中逸氣，展現超逸、清逸與雅逸的情趣，使其繪畫在創作完成之後尚有無窮未盡之意，此時並以其另一長項—詩歌—帶出詩畫結合的作品升華境界。於是文人畫便與李成、范寬等職業畫家的作品大異其趣，也與宋代畫院詩歌屬於題目性質，制約著一幅畫的精神漸漸地分道揚鑣了。題畫詩中的逸品觀念對畫作形成畫龍點睛的文學趣味，並在淡遠無塵、清墨澀筆之間表現清簡平淡中引發無窮想象與無限回味的雅意。至明代，惲向指出：「至平、至淡、至無意，而實有所不盡者」。元代畫家倪瓚選擇遁跡太湖，寄情山水詩畫，將自己孤寂的生活境遇，凝聚在山水筆墨間，達到簡逸、幽淡、蕭散的精神境界。清初的八大、弘仁、髡殘，以及近代齊白石等皆莫不以簡逸為尚。

　　中唐以降，文房四寶的改良，其中造紙和製墨技術的進步，以及作家對寫實與寫意等問題的反覆省思，最終達到對「象外求象」的新探尋，使得繪畫創作在技法與思想上產生變體。其間水墨畫中「逸品」畫格的出現，是杜甫創作題畫詩的藝術思想環境。本來居於陪襯地位，用來表現遠景，或是做為底稿的墨畫，在晚唐五代成

為「潑墨奇風」，引發了繪畫藝術界對「色彩」的思考。唐人所稱：「不待五色」、「不貴五彩」，以及「運墨而五色具」等觀念，不僅在工具上突破顏料的使用，更在概念上接受繪畫可以看似「未完成」，而實待觀畫者臥遊其間以畫填補自我的存在。所謂「墨即是色」，墨中自有五色的水墨新感官美學的建立，與前述由寫實層面轉向個人思想與內在精神的探索，以至心師造化等說法，均已強調繪畫不僅止是線條與色彩，更在於畫家的「情生筆端」與「緣象生情」。寫意的思維，事實上也因水墨畫擺脫了色彩的束縛，進而發揮出更大的創作可能，與同時的文學書寫取得同步旨趣，此間還有書法行文的跌宕風情，終於形成了紙上藝術聯袂同臺的風雅盛會。

未成小隱隱中隱

──文人的玩繹與仕隱

十六世紀末，當歐洲屢屢出現非凡之士，締造了《仲夏夜之夢》、《羅蜜歐與茱麗葉》，與《唐‧吉訶德》等西方文學經典的同時。中國作家湯顯祖正在細膩地刻劃雋永慧點的愛情故事。而另一部以通靈潑猴冒險於神怪世界的小說《西遊記》，也獲得了無數的掌聲。當然，面對人性永恆存在的慾望，作出露骨的臨摩，《金瓶梅》的作者，登上了中國實寫人生的寶座。

這個時期，中國文人的生活筆記，探討哲學與文學，寫作自然題材的詩歌，暢遊山水畫與園林藝術空間……。他們對日常生活細節的觀照，以超越八股文的讀寫能力，不斷地將內心豐富的意境，透過短篇故事、通俗小說、詩歌隨筆，推向新興市鎮地區的讀者群。晚明學者所樂見的事物之一，是婦女讀寫能力的增進，這象徵著他們對傳統道德倫常的顛覆性思考，與種種逆向操作的言行，已經收到了成效。

在晚明清初的中國社會裡，文人對於陳設藝術的追求，仕女對鑲刺絹絲綢緞的鍾情，名流在幽雅青瓷與填白瓷的光澤裡，流露出迷離的眼神。士大夫、商賈私家園林中，光可鑑人的雕漆、玉飾，隨著觀察角度與光線強弱，而變化出各種情調的畫窗……。還有那些線條俐落，而用料昂貴、精工琢磨的大書案上，剛柔並俱的兔毫與羊毫，若是遇上了春、秋兩季，儘可脫去綿綾和紫羅，露出象牙、水晶，或玳瑁的筆管。一旁鋪上薛濤井出產的香箋，或是鏡面高麗紙、金花五色大簾紙……。澄泥硯旁刻精緻花鳥，端溪老坑硯承托

著徽墨磨出質地光華的濃黑墨汁。文人尚未振筆揮毫，一個承載了明清文人經營生活的感官世界，已經宛然在目。

士人藉由種種長物的營造與把玩，烘托出個人內在世界對物的感受力。也是傳統詩畫精神所言：「外師造化，中得心源」，談文論藝之處心經營，在在成為文人展現自我的表述方式。晚明以降，文人對空間雅意的追求，訴諸於幾部重要的作品，如：文震亨的《長物志》、高濂的《燕閑清賞箋》，以及沈德符的《萬曆野獲編》。此外，袁宏道的《觴政》、《瓶史》……等，亦無不以焚香、字畫、鐘鼎、硯、琴等事物來開啟一個「不知身居塵世」的脫俗世界。如此刻意地追求，不僅是感官的延伸，同時也是情感的寄託，與生命的歸屬。而這份文人文化的品賞活動，又總成於清初的《紅樓夢》。

《紅樓夢》所體現的園林藝術與閑雅生活，集中在大觀園「雖由人造，宛自天開」的擇地、理水，以及亭臺樓閣的布局，與匾額楹聯的意趣，兼以動植物的點綴搭配，亦往往凸顯了小說人物的性格、形象，乃至於命運。中國文人士大夫視私家園林為追求精神自由，與保持獨立人格的避難所，自始即與隱逸情懷相結合。在漫漫歷史扉頁中，隨處可見士人的隱逸文化與皇權專制之間的消長關係。魏晉南北朝時期，竹林七賢為了擺脫政治迫害與名教束縛，因而登山臨水，放情肆志。陶淵明任彭澤令八十餘日，最終仍以「靜念園林好，人間良可辭」為生活的信念。降及謝靈運的宴遊、陶弘景的求道，唐代王維的輞川別業、白居易的廬山草堂、宋代蘇軾的西湖吟詠、范成大念慕中隱，明代李漁的芥子園、潘允端的豫園……。文人在清幽玄遠的山水詩情與畫意之間涵泳，自然體悟出理想的人格與人生樣貌，即所謂悟「道」。於是在官場與山林之間，找到了仕與隱的平衡，既得位居高官，又可享受閑棲自得的寫意人生。南宋趙希鵠對於這樣的文人生活意境有清晰而概況的陳述：

吾輩自有樂地，悅目初不在色，盈耳初不在聲，嘗見前輩諸
老先生多蓄書法、名畫、古琴、舊硯，良以是也。明窗淨几，
羅列布置，篆香居中，佳客玉立，相映時取古文妙跡以觀鳥
篆蝸書、奇峰遠水，摩挲鐘鼎，親見商周。端研涌岩泉，焦
桐鳴玉佩，不知身居人世，所謂受用清福，孰有逾此者手！
（趙希鵠《洞天清錄集序》）

中晚唐時，白居易提出《中隱》詩曰：「似出復似處，非忙亦
非閑。」如此身居官位，則月有俸給，卻又不居要津，以免深受皇
權威脅而招致憂患；同時隨時隨地歌酒悠遊，瀟灑享受園林樂趣。
這樣的生活形態深得兩宋文人的青睞，東坡詩云：「未成小隱隱中
隱，可得長閑勝暫閑。」可說是為文人的理想生活，找到了出世情
懷與入世事業兩相怡然的自處心境。同時因為心境的自我調適，使
得文人往往具有出處平衡的政治風度。

《紅樓夢》中的幾位最重要女性均享受著園林灑脫的自在生
活，或許她們也體現了作者在出、處之間尋求政治身段平衡的嘗
試。其中，林黛玉是純然重感情與性靈的風雅詩人，賈府裡的政治
與她完全無干；而薛寶釵雖然集端莊、美貌、博學、多才於一身，
卻是個「拿定主意，不干己事不開口，一問搖頭三不知」的消極姿
態。至於王熙鳳，雖是大權獨掌，可惜自恃聰明，未肯採納秦可卿
的建言，富貴之時只顧專權聚斂，遭罪之際果然也就一無退路。只
有探春是屬於「才自精明志自高」，兼備眼光、才幹，和理想、抱
負的人物。第五十五回，鳳姐兒因年內年外操勞太過，忽然小產，
接著又因虧虛，添了下紅之症，不能理事。王夫人便派李紈、探春，
又特請寶釵三人協理家務。李紈素日厚道，多恩無罰。寶釵更是安
分隨時，自云守拙。只有三姑娘探春，臉上看起來平和恬淡，言語

安靜，但只三四天，幾件事情過手之後，眾人才逐漸發覺其精細處不讓鳳姐。也只有她願意為偌大的賈府興利除弊。不僅對親舅舅死亡的賜銀，表現得大公無私，同時黜免了寶玉等人上學的額外津貼，以及姑娘們重支的頭油脂粉費，更循賴大家花園的管理辦法，將大觀園各處生產的稻米、竹筍、蓮藕、花果、魚蝦等，委派給幾個婆子媳婦承包，據寶釵和平兒粗估，每年能生產四百兩銀子。同時又能整理、維護園中的花草樹木。如此運籌謀畫的精神，對於家中安富尊榮的主僕上下來說，無疑起了振聾發瞶的作用。鳳姐囑咐平兒道：「她雖是姑娘家，心理卻事事明白，不過是言語謹慎。她又比我知書識字，更利害一層了。」

探春在大觀園中所體現的亦仕亦隱，及其平時清雅賞玩的興味取向，或許就是歷朝文人長期抉擇在仕宦與隱逸之間，所達到的最佳平衡點。

詞藻警人，餘香滿口
——《紅樓夢》的語言藝術

　　我們常說，好的文學作品其語言含蓄渾厚，詞句耐人細細品味。而《紅樓夢》之所以成為文學經典，其中道理便可從原作者最為人所稱誦之經典名句的修辭意境中，尋求解答。

　　例如第十一回作者描述秦可卿病危，在尤氏道出病情之後，「鳳姐兒聽了，眼圈兒紅了半天，半日方說道：真是天有不測風雲，人有旦夕禍福。」其後的續書本，在這段話上做了約略的調整，刪去了「半天」、「半日」二詞，使鳳姐兒的動作改為：「眼圈紅了一會子，方說道⋯⋯。」所刪語詞看似無關宏旨，其實蘊含了王熙鳳當時十分傷感的情緒。她有好長的時間說不出一句話來，那哽咽難言的神情，就是在這兩個看似不經意的修辭中透露出來的。程高本的改動，表面上使得語句趨於精鍊，卻反而失去了人物傳神的意態。於此也就大致可以說明，文學家精心錘鍊的字句，捕捉了潛藏在生活裡，許多真情流露的動人時刻。

一、是瘋話？還是真話？

　　《紅樓夢》開卷詩云：「滿紙荒唐言，一把辛酸淚。都云作者癡，誰解其中味？」書中那些看似無理的呆話、瘋話，在我們讀完通篇，掩卷慨嘆之餘，卻也同時得到很深的體會。尤其是「女兒是水作的骨肉，男人是泥作的骨肉。我見了女兒，我便清爽；見了男子，便覺濁臭逼人。」這出於第二回的一段名言，是整部書提綱挈

領的樞紐。我們對於賈寶玉性格特色的掌握，以及書中反對當時男尊女卑等新觀念的體驗，無非都是從這段表達方式奇特怪異的荒唐言語中開展出來的。它不僅給予我們深刻的印象，同時也使人沉思：世俗之見是多數人的觀念，卻未必是最高明或不可動搖的信念。作家以豐富的情感與其主觀的意志，表達出超越世俗的生命智慧，便是文字世界裡一顆顆千金重的橄欖，耐人品嘗其間豐富的滋味，也啟發讀者重新思考現實中一切既有的成規。其價值珍貴無比，受益者因而在無形而深沉的歷史黑夜裡，瞥見了人類文化思想中深藏著變化不盡的璀璨繁星。

　　繪形傳神確乎是《紅樓夢》作者用詞點鐵成金的特色之一。曹雪芹擅於以意義相近之語詞，分別體現個別人物的精神面貌。例如：第八回賈寶玉和薛寶釵正初次認識著彼此的通靈寶玉和金鎖，「話猶未了，林黛玉已搖搖的走了進來。」脂硯齋夾批寫道：「搖搖二字畫出身。」作為讀者，我們也彷彿看到了林黛玉窈窕的身段，和走路時娉婷柔弱的輕盈姿態。後世程高本將之改為「林黛玉已搖搖擺擺的走了進來。」加上「擺擺」二字，徒使林黛玉的形象失了端雅。在語言的比較中，我們發現了原作者一字不可更改的非凡實力，能夠精確細膩地表達小說人物的形象與性格特質。

　　故事到了第二十一回，寫平兒整理被褥，發現了賈璉與多姑娘私通時遺留下來的一綹青絲，「平兒指著鼻子，晃著頭笑道：『這件事怎麼回謝我呢？』」平兒雖然不能苟同賈璉的行徑，然而當她指著自己的鼻子，晃著頭說話時，我們卻都可以想見，她因為抓到了賈璉的把柄，因而對賈璉微微地撒嬌著。這下意識的可愛動作，透露了她非常得意而又俏麗的一面。既有別於林黛玉大家閨秀的氣度，又適當地體現了作為一個小妾，夾在貪淫如賈璉和威淫如王熙鳳之間的真實處境。只是程高本將「晃」字改成了「搖」，平兒搖

著頭，意思也是不予認同，只是這麼做反而拿捏不準平兒這個丫頭的地位與立場了。

曹雪芹著一「搖」字，盡得林黛玉風流裊娜之體態；又以一個「晃」字，摹擬出平兒在特定時刻，嬌俏多情的神貌。可知小說家用字遣詞的經營，但求熨貼於每一人物的地位、形象、性格與當下處境，同時也力求以精確的語言，施展角色恆常性與片刻間所盡有的一切風情。那也便是脂硯齋批語中曾經指出的文學標準：「一字不可更改，一字不可增減，入情入神之至。」作家於文字的高度敏銳，對讀者而言也具有潛移默化的效果。我們在《紅樓夢》裡所得到的美感經驗，往往是透過經典名句與篇章情節的賞析，進而逐漸掌握到人情之美，以及語文的價值，甚至因此通透了文本背後博大的哲思。因此我們可以說，領略了文學世界的廣袤與深細，同時也就通達了個人所身處的時代環境、天地乾坤與世俗倫常，這正是《紅樓夢》第五回裡的一句對聯：「世事洞明皆學問，人情練達即文章。」它說明了經典閱讀與體驗生命之間相輔相成的關係。

二、勿作閑文看

在小說的天地裡，流暢圓美的文學境界首先來自作者對世事人情的融通與體會。清代二知道人在《紅樓夢說夢》裡云：「太史公紀三十世家，曹雪芹只紀一世家。……然曹雪芹一世家，能包括百千世家。」不僅是百千世家，從賈雨村到王熙鳳，《紅樓夢》也寫進了自來熱中躁進、躊躇滿志，終又失意栽了筋斗的芸芸眾生。早在四大家族登場之前，作者便以賈雨村和冷子興的偶遇，提醒世人滾滾紅塵多為利慾所驅的事實。這些文字與情節的穿插安排，初讀之，使人以為只是作者信手拈來的幾段閑文，事實上，它與林黛玉

進賈府以後的正文具有一致的行文特色：其結構佈局的綿密流暢，令人看不出斧鑿痕跡，似乎作者寫來毫不費力，便使眾多人物與情節安插得天衣無縫。其深刻處，依舊令人回味無窮。

那段閑文是這樣開始的：雨村一日閑居無聊，在風日晴和的飯後，出外閑步。這天偶然間來到了郊外，他便信步欣賞著山環水漩、茂林修竹的村野風光。忽然看見一座隱藏在林間的廟宇，其門巷傾頹，牆垣剝落，匾額題曰：智通寺，兩旁又有一幅破舊的對聯寫道：「身後有餘忘縮手，眼前無路想回頭。」賈雨村心裡想著：「這兩句文雖甚淺，其意則深。也曾遊過些名山大刹，倒不曾見過這話頭。其中想必有個翻過筋斗來的，也未可知。何不進去一訪？」走入看時，原來破廟裡只有一個老僧在煮粥。賈雨村問了他兩句話，那老僧既聾又昏，答非所問。

中國傳奇小說自來有煨芋的嬾殘一流人物，又像是《紅樓夢》裡的一僧一道，其貌雖不揚，而隻字片語已飽含了無窮的智慧。賈雨村生平遊過名山大刹，能領略村野風光和對聯的深意，他便是自古以來無數文人士大夫的表徵。生命長期涵詠於人文與自然所交織的朗朗乾坤，同時宦海的載浮載沉也多少給予他們世事滄桑的歷練，因此他並不是愚蠢無知、眼界狹窄的人。只是終究與翻過筋斗的老僧失之交臂，這也說明了世人在現實功名之前，多不能醒悟的真實景況。如此，則又是作者行文之際，對人生最深的慨嘆。

「身後有餘忘縮手，眼前無路想回頭。」此語和太虛幻境裡形容王熙鳳的曲子詞〈聰明累〉互為呼應：「機關算盡太聰明，反算了卿卿性命。」到頭來，翻過筋斗的人所說的話，仍舊得翻過筋斗的人才能深切體認。世人都必須走一回相同的路，才不枉一生，也才能明白生命的意義與全部過程。閱讀像《紅樓夢》這樣的一部經典鉅制，如果不是以自我的生命長河與之交流，至少我們所領會的

人世風光，是遠遠超過書中人物表面的幾度愛恨情仇與幾場悲歡離合。《紅樓夢》作者對現實人生的刻畫與反映，其細微處有個人情緒與精神形象的剖析；通篇格局的恢弘則又似江海，濤濤不盡地傾洩出全幅生命由迷惘而至豁然通達的具體歷程。

　　名句的賞析是我們登上這座綺麗殿堂的層層玉階，單看《紅樓夢》裡關於場景的描繪，就教人領略了文字花園的美景妙境。作者寫炎夏長晝時，用了「烈日炎炎、芭蕉冉冉」；寫秦可卿的出喪，說道：「寧府大殯浩浩蕩蕩，壓地銀山一般從北而至。」形容大觀園裡的落花清溪：「溶溶蕩蕩，曲折縈紆。」而迎接元妃的美麗夜晚，則更是：「香烟繚繞，花影繽紛，處處燈光相映，時時細樂聲喧。」此外，還有許多詩詞、曲文、諺語、對白……，是小說藝術廣納各種文體與百態人生的精緻展現。這說不盡的太平景象，富貴風流，歷來不知撩撥了多少讀者的慾望，讓他們重新回到文學故鄉溫柔的懷抱。

第四樂章

向昔日邁進
——葉石濤的地方回憶與情慾書寫

前言：寫作，打開了深層的記憶

> 也許寫作打開了一個平行的宇宙，在那裡，我們能夠隨心所
> 欲運轉我們最深層的記憶，並加以重新編排。
>
> ——安德烈‧埃斯曼（Andre Aciman）

　　一九五一年出生於埃及的猶太裔作家安德烈‧埃斯曼，曾在納粹執政時期流亡到義大利和法國，最終抵達紐約定居。他的家族和個人的流放生涯，使他的作品充滿了「離散」、「記憶」與「鄉愁」。在與薩伊德等人合著的《遷徙的文字：關於放逐、認同和失落的反思》（Letters of Transit: Reflections on Exile, Identity, Language and Loss，1999），以及探討意識流作品的《普魯斯特研究》（The Proust Project，2004）等著作中，作者不斷地試圖以書寫返回過往，以一連串放逐、記憶與時間的探索，尋找自己的空間，建構自我的內在家園。「我們書寫生活，不是為了要看清楚它是什麼樣子，而是從我們希望別人如何看它的方式來看待它。」（安德烈‧埃斯曼，〈一位文人朝聖者向昔日邁進〉，2004 年。）

　　台灣作家葉石濤自青年時期即閱讀大量文學作品，並從事小說等文類的經營與寫作，他的多部散文集和短篇小說集呈現了大量的回憶式書寫，尤其是以特定的地方為故事背景，拉開了許多迥異的

故事情節卻明顯訴說著同一時空下的戰爭經歷與情愛掙扎。面對他特殊的重複敘事,使我們感受到縱然不是所有的生命都曾經美好,然而美好的人生也許只是一種領會,領會生命中的缺憾,了解到這些缺憾原是多麼地不可原諒,但儘管如此,我們還是能在每一天學會用另一種方式來看待它們。

在這個充滿回憶錄的年代,人們也許是為了遺忘和拋棄過往而寫作;也許是為了給生命一個形式,一個故事,和一個紀年而寫作。尤其是透過不斷地書寫地方,而使童年再現,青春的想望與往日的種種歡笑淚水,也逐漸地在體內的某個深處被召喚而甦醒,帶著記憶的重量重新洗滌了創作者的生命。寫作的意義對作家而言如此深遠,也就足以使我們從中探索創作與記憶之間的重構美學。本文將以葉石濤的戰爭與窮困經歷,及其作品中不斷出現的兩種不同氛圍與象徵意義的地理環境──打銀街與葫蘆巷,來探討作家面對古街道的歷史文化,和在巷弄中受常民生活氣息的濡染,所展開的往日情懷追憶之旅。並在他的重複敘事中,剖析傷痕記憶與擬真書寫對潛意識心理的抒發及影響。

一、打銀街的繁榮與滄桑

與安德烈・埃斯曼同為經歷二次大戰的台灣作家葉石濤,自日據時期即寫作不輟,特別是在記憶與鄉愁的重複敘事中,展現了他對過往生命中的某些時刻,懷有強烈的情感,需要藉由不斷地再現與重組記憶,來撫慰寫作當下的自己。特別是以街道的浮世繪景象,來訴說他的家族記憶:「六十多年前我生下來的時候,我家葉厝所在的古老街道,人人都按照滿清時代的街名叫它為打銀街,原本是打造金飾、銀飾的工匠和店舖群集的地方。日本人來了以後,

把馬路拓寬，後來也鋪上柏油路變成車水馬龍的現代化道路並且改名為白金町。總算也把古街名的意思略微傳下來。」(葉石濤，〈左鄰右舍的日本人〉，《不完美的旅程》，1993 年。)

(一)舊街的榮光與作家的自我認同

這條位於台南市的古街，和街上的點點滴滴，在戰後葉石濤逐漸清晰的追憶書寫中，再現了終戰前後的文化風貌。作者在短篇小說〈卡薩爾斯之琴〉中，藉由第一人稱「我」，主觀地敘述了戰後祖宅的景況：「當時，剛光復不久，坐落在 N 市打銀街的，原本像廟宇一樣富麗堂皇的祖宅，因為遭受盟軍 B29 的猛烈轟炸，早已蕩然無存，只剩下些斷垣頹壁可供我們掉幾滴傷心的清淚。」(葉石濤，〈卡薩爾斯之琴〉，《卡薩爾斯之琴》，1980 年。)葉石濤於一九二五年出生於台南府城打銀街，此地古稱四平境葉厝。在葉石濤的家族記憶裡，葉家自來台開基祖算起，到他本人已是第八代，而當時距離台灣割讓與日本，已經三十餘年。他們的古厝也在戰爭期間被日本殖民政府拆掉，因此舉家過著不安定的生活。但是直到戰後政府實施三七五減租條例，他們才因賣掉田地而搬離打銀街。

台南的古街道在葉石濤的童年記憶裡，像是歐洲中世紀基爾特人（guilt）的生活組織，除了有曾經滿是金飾銀樓群聚的打銀街之外，以出售花卉盆栽為主的商店街，則稱之為草花街。在他的小說〈植有蓮霧的齋堂〉裡，這條街上的古厝之一，正是戰後台灣知識份子籌組「台灣再解放聯盟」的讀書會所在地。這幢隱身在許多果樹之後，由大門走入須一分多鐘才到達的古厝正廳，曾經聚集了許多男男女女，包括小學校長和醫院護士。他們共同研究母系社會與共產主義，當年的熱血青年在讀書會中慷慨陳詞，試圖為台灣人尋求一條自由之路。（葉石濤，〈植有蓮霧的齋堂〉，《蝴蝶巷春夢》，2006 年 6 月）

在葉石濤的追憶裡，台南府城的古街道，除了打銀街、草花街之外，尚有米街，可想而知，從前是個糧食群聚的地方。此外，另有鞋街、竹仔街、打石街、做蔑街、油行尾街、石坊腳、蕃薯崎、破布巷和豆仔市等，似乎也是以同業聚集為主的街道。同時也有許多古怪而又鄙俗的巷弄名稱，諸如：狗屎巷、摸乳巷、木屐巷、十間巷，以及無尾巷。這些巷弄因狹窄而得名，以至每年農曆三月十九、二十兩日的媽祖遶境，都因巷路太狹窄，而被排除在佛轎與行列的行程之外。

在回溯童年的記憶書寫裡，這些富於生活氣息的府城街道，隨著時間的推移，匯集成一條恬靜的常民歲月之河。「這是個適於人們做夢、幹活、戀愛、結婚悠然過日子的好地方。」日據時代，人們稱台南府城為：「Ki No Miya Ko！」意為「樹林之都」。而在小說〈鳥籠〉一文中，患了氣喘而衰弱臥病的梁秋霜，她所居住的草螢巷和日本黑瓦厝，即給人靜謐而又幽綠的印象。這或可說是十六世紀航經台灣的葡萄牙人，映入眼簾一片青翠景象的具體縮影。

（二）少年成長的心事與情事

回到作者的生身之地——打銀街。隨著少年成長的情慾流動，古街道化成了水，成為春色盪漾、波光粼粼的愛慾之河。這是《蝴蝶巷春夢》九篇小說中的唯一男主角簡明哲所生長和居住的地方。故事以打銀街為地理主軸，拉開了簡明哲活動方圓範圍內的序幕。劇中充滿形形色色的人們，和他們的起居行止。其中作者特別將每一篇的情節都聚焦在一位孤單無依，而且性需求長期無法滿足的年老婦女身上，使我們可以想見，在那樣的戰亂年代，許多哀愁的寡婦都像梁秋霜一樣，只靠著一點點微弱的螢光，過著滯悶喘息和心靈不安寧的生活。在這部小說裡，年輕的簡明哲相繼與九位年長的

孀居婦女發生性關係，其中包括了妓家的老鴇阿秀姐、簡明哲母親的手帕交阿媚姨，以及阿媚姨的隨嫁婢阿春姐，還有與簡明哲同校的日本女老師西鄉民子、寡居的秋霜與秋月姐妹、簡明哲學生的家長，客家小吃的老闆娘秀妹，以及組織讀書會，年紀約簡明哲阿嬤的施麗珠老師等。

　　這些阿姨們總在看似平常的時刻，於幽暗的浴室或臥房裡，陡然間與簡明哲裸體相見。「我回過身這才愕然發現阿姨全身一絲不掛赤裸裸地躺在牀上。伊雪白的乳房比阿秀姐的還要大。不過乳房有些下垂了，乳頭和乳暈都是紫黑色的一粒花生米大小。我的視線往下看，伊的下腹略略突起，三角地帶的黑色叢林又黑又密。」（葉石濤，〈頭社夜祭〉，《蝴蝶巷春夢》，2006 年。）簡明哲出於懵懂的性慾驅使，而逐漸完成了每一回在敬重長輩的心情下，幾乎完全物化的肉體性行為。他最後與西拉雅族女子潘宛蓉的結縭，卻是在婚約的前提下，以靈肉合一的性愛描述，來完成男主人公象徵儀式性的少年成長與性經驗啟蒙的完整歷程。在故事發展的同時，簡明哲的母親則一直與林校長保持著婚外性關係，直到最後都沒有結婚的打算，則無疑是一條同為倡議情慾自主的故事隱線，作為小說主軸的輔助與強化敘事效果而存在。

　　作者不斷地透過性愛場景的描述，把生活創造成了青少年夢幻國度，儘管他曾經在出稿的過程中受到質疑而產生掙扎。然而作為文學家，葉石濤並不迴避成長過程中，與吃飯、睡覺等量齊觀，甚至更重要多倍的情慾宣洩，因此情慾的主題反而成為作家眼中的文學寶庫。作者深入剖析個人的私事，並以個別性轉化為普遍性作為寫作的職責，因此就一部小說而言，沒有任何主題是過於私密的，其間端看作家如何處理，和讀者如何賦予它意義。葉石濤在蝴蝶巷系列故事裡，全面書寫性愛，而不受禮教與倫理的威嚇，並將這些

題材豪不避諱地寄寓在自己的生身之地，並透過散文與小說等體裁的反覆書寫，抒發他一生對自己出生地充滿情慾與鄉愁交織難分的深刻情懷。猶如前言所提及的埃及猶太裔作家安德烈‧埃斯曼在〈一位文人朝聖者向昔日邁進〉一文中的自剖：「我的內心探索旅程是從書寫某個『地方』開始。有些人的起點是書寫愛情、戰爭、痛苦、殘酷、權力、上帝或家園。我則是描寫一個地方，或是，描寫對一個地方的記憶。」

（三）作家的隱性神經

作家最深層的內在始終有一座密室，那也像是一條隱性的神經，帶來了想像力的刺激和興發，同時也是提供回憶拼貼與重組再現的場域。有時我們可以用這條隱微的神經來鑑別一位作家在不同語調和變化的風格背後，始終堅持的寫作主題。而這層主題甚至連作者自己都難以認清，有時即使作家們明白自己始終所欲表現的主題與其內在潛意識的癥結性關聯，然而在寫作的過程中，他們卻反而必須藉由層層的文學修辭以進行遮掩，即使所有的作品最終都將歸結到那生命中深不可見的隱性神經。尤其是在以第一人稱為寫作觀點的小說文本中，以「我」來進行陳述的意義其實也就在以迂迴的敘事，對自我生命底層那條隱性神經的揭露。然而與此同時，作家其實也正以不同的故事題材或語言形式，重複地抒發著內在刻骨銘心的隱密區域。

而書寫城市的意識提醒了作者本身，潛存的記憶中一直有個朝思暮想的世界，然而在現實生活裡，那世界其實已是個幻滅的海市蜃樓。於是，心靈的放逐、記憶與時間所構成的磚石，形塑了作者自己稱為「家」的地方。寫作本身使作家得到了為自己尋找空間、建立心靈故鄉的方式，使無形的世界慢慢地成為以故事

為框架，進而支撐起來的一個地理建構。作者所透露的潛在意識，仍是對眼前世界的生疏感，以及內心深處不斷釋放出來的密語：有點過時的、孤獨、不定，以及在現代都會中總顯得格格不入的疏離感。

葉石濤以打銀街為故事發展的核心，進而輻射出對台南府城的記憶書寫。此一地方記憶的文學主題曾經遍及在他的散文、小說與回憶錄中。在〈卡薩爾斯之琴〉（短篇小說）、〈不完美的旅程〉（自傳體散文），以及《蝴蝶巷春夢》（九篇系列小說）中，作者以不同的體裁與情節，反覆敘述打銀街從輝煌走向衰落，以至於破敗的過程。那是作者記憶中童年時期，維繫搖搖欲墜的舊世家體面的地點。為了捕捉這個充滿身世記憶的地方，並藉此保存對自我認知的印記，作家的寫作道出了他是眼前世界裡的異鄉人。

反覆地書寫同一個地方，因為此間存在著對作者而言，意義非凡的隱語。〈齋堂傳奇〉中的男主角於故事開始後不久，即「站在摩天的合歡大樹下，沉鬱地望著空蕩蕩的柏油路，驟然想起埋葬於地下一千多年而重見太陽的邦貝廢墟。當他看著他生於斯長於斯；度過他底許多喜怒哀樂時光的心愛的城市時，幾乎熱淚盈眶了——這古城的高樓大廈，古色古香的紅磚老屋，大多被 B29 連日來的猛烈轟炸而摧毀，業已變成殘樓頹牆，只有鳳凰木深紅的花朵迎風搖曳於傾圮的屋頂上，格外顯得耀眼而孤寂。」（葉石濤，〈齋堂傳奇〉，《卡薩爾斯之琴》，1980 年。）

葉石濤表面上書寫那些名為 N 市打銀街和草花街的地方，其內在更為深刻的意識，毋寧是趨近於離散、逃避和矛盾的心境。小說裡的男主角李淳也泰半是作者的自我形塑：「他有時懶洋洋地讀著小說中扣人心弦的一段，沉迷於怪誕的德國式幻想裡；有時在花和風的搖籃裡昏昏沉沉地假寐；但大半時間都在看著色彩斑斕的蝴

蝶猶如夏日陽光凝結的精靈無聲無息地飛舞在鮮紅的鳳仙花叢中。」在密集而猛烈的炮火襲擊下，民眾動輒扶老攜幼躲到郊外。死亡貼近了他們的日常生活，死神鎮日與人們的思維和情感攜手並行。李淳卻在灼熱的午後獨自留在寧靜而荒涼的城中，枕在死亡的邊境，悠然地沉浸在文學之海裡，葉石濤以「大半時間都在看著色彩斑斕的蝴蝶猶如夏日陽光凝結的精靈無聲無息地飛舞在鮮紅的鳳仙花叢中」一段長長的句子，訴說了那外表沉寂的閱讀舉動，是當時唯一可以將感知的觸角伸出砲火之外的機會。

「我在州立二中的成績一團糟。」葉石濤自述在太平洋戰爭如火如荼的年月裡：「天天啃的是閒書。從中學一年級開始我就對哲學和社會科學發生了濃厚的興趣。從黑格爾到恩格斯，我逐漸從唯心哲學轉到唯物哲學。由於讀了太多哲學順便也念了許多文學的經典名著。」從日本文學到法國文學，再到俄羅斯文學，這段無意間闖進廣大思想領域的人生階段，究竟代表什麼意義？當時誰也無法評斷，直到半世紀之後，作家才透過小說與散文的雙重異質文本，為它補綴了總結。

耽溺於文學作品的閱讀，以至終身寫作不輟，畢竟成為他一生藉以了解自我，並且從那令人無法接受的現實世界裡抽離開來的不二法門。他從迷上閱讀到愛上寫作，是因為在文學的情境中，連自己都可以抽離自身，彷彿輕易地擁有了另一段人生，無論是李淳、簡明哲，或林律夫；彷彿他住在另一個地方，可以是打銀街、蝴蝶巷，或葫蘆巷。他暫時將自己化身成某個他人，從而道出想和一位舞女私奔，想和日本女人上床，想與少數民族少女結為夫婦，想用性愛來滿足一位的孤獨的阿嬤……。於是更多的小說和情慾書寫，都在這虛實交錯的「擬真」記憶裡，以虛構和想像的形式，再現了作家最真實的自我追蹤與回憶。

二、葫蘆巷的無性黑夜

　　從〈葫蘆巷春夢〉到《蝴蝶巷春夢》，葉石濤以虛擬的寂靜窄巷，象徵對女性性徵的想望與探索，並在性愛的書寫手法上，開啟了兩扇不同風景的畫窗。

（一）偪窄與淫溢的符碼

　　葫蘆巷，這是個典雅與淫蕩複合的意義符碼。相傳前清舉人為它寫了二十首「竹枝詞」，而且有一段時期，這兒是文人騷客尋花問柳的好所在。然而令人洩氣的是，它在小說裡初登場，即以湫隘、邋遢的模樣見人：「由於房屋毗連，人丁旺盛，到處傾倒垃圾，杜塞的陰溝溢出的污水無處不流瀉，使人找不到可以落腳的乾淨地方。而且終日街上飄揚著刺鼻的異樣臭味，叫人不得不掩鼻而過。」隨後，前清舉人的第三代嫡孫更在葫蘆巷裡養起豬仔來，「不多時，前後呼應，家家戶戶養起豬來。從此處處可看到瘦如黑狗的豬仔到處亂闖、爭食、拉屎屎，這境況愈發令人慘不忍睹了。」（葉石濤〈葫蘆巷春夢〉，《賺食世家──葉石濤黑色幽默小說選》，2001 年。）巷弄文化在葉石濤的筆下，既有別於上述街道文明予人世家大族的身世背景印象，同時在文學象徵的筆意中，透露了作者內在幽暗隱微的世界。於是在空間的鋪陳之外，作者也在小說中變換角度，繼而以時間為軸線，勾勒出葫蘆巷的人文風貌，以便進一步將自己對世態人情的深刻觀察，以及內心深處不為人知的一面，融進湫隘齷齪的巷弄庶民生活中。「東方剛成魚肚色，我便起床，趕忙抓住一把草紙往公共廁所跑。在那裡我幾乎會遇到所有葫蘆巷的住民；男性公民一律面容枯寂，低頭沉思，頗有哲學家的風度。女性公民即

手提潔白光滑的琺瑯質尿瓶排隊等候，吱吱喳喳地講個不停，猶如在那電線上浴著蒼白晨曦啁啾不已的麻雀。」「這邋遢不堪，觸目皆是小孩蹲在陰溝拉屎的葫蘆巷早晨景色實在乏善可陳。」到了夜晚，「皎潔的月光正流瀉在關帝廟的琉璃青瓦上；那青瓷雕塑的龍昂然翹首彷彿在一片波光粼粼中隨波逐流。」在這使人頓生幽幽漂泊之感的寧靜夜晚，只有施家的古董英國壁鐘屹立不搖。

　　然而作者在萬籟俱寂的夜色描寫中，又竟然筆鋒一轉，讓主角的視線落在豬舍裡：「那些貪睡懶惰的家畜惡形怪態地躺著，淋浴著皎白聖潔的月光，正蠕動鼻子呼呼作聲，互相愛撫。」就在這幕景象使主角覺得噁心至極的同時，他看見鄰居江濱生靠近了豬舍，而且長吁短嘆。故事至此，留下了一個懸而未解的謎，作者預留了伏筆，而將故事盪開，寫出另一些夜晚，主角銅鐘先生和另一邊的鄰居舞女茉莉小姐的曖昧溫存：「我緩緩地起身，一抬頭便看見她的眼角有淚痕。我百感交集便一把摟住她。我聽到她快活，一聲嘆息。那溫暖的嘆息在她肉體深處震盪著，她的全身酥軟了。我和她併肩坐在床沿，一直看著逐漸黯淡下去的月亮，然後一起打了個呵欠，躺了下來。不知什麼時候睡去的，我依稀聽到幾聲雞啼畫破了濃密的暗夜，天開始朦朧亮了。」主角的意識裡始終分不清窗外的微曦是晨光還是月光，就像他的半夢半醒之間，無法不將身旁的女人和過世三年的妻子聯想在一起。「我有時就留在她的床上一起傾聽施老頭子的豬仔的鼻聲和騷動聲，我對這骯髒的動物已不再有根深柢固的厭惡。然而，我還是喜歡把夜晚消磨在自己床上思念我死去的老婆，可是我老記不起她的臉型是圓的抑或鵝蛋形的。」而銅鐘對茉莉的感覺，也必須藉由每一個相會的夜晚，相伴而眠的真實接觸，才能在他心中再次確認茉莉的存在，以及自己的寂寞。只是

銅鐘與茉莉每晚藉由彼此相處的心理慰藉而沉默入睡，似乎也是作者透過許多無性無慾的夜晚，描寫人心的疲憊與悽涼。

（二）疲憊與無慾的身體敘述

在葉石濤的另一篇小說〈漂泊淚〉裡，到處找不到工作的男主角阿濱和暗娼秋雲，也有類似的疲憊與悽涼。他們住在八掌溪旁的過河村，葉石濤仍舊發揮了他結合地方書寫與拼貼記憶的抒情筆調：「閉著眼睛，我也能夠清晰地描繪得出那過河村的全貌；雖然我離開這貧瘠的村落已經有好多年，可是每當我憶起它的時候，它總帶有濃厚的冬天凋零的彩色重現眼前。我在那陰鬱的鹽分地帶，幾乎度過了我整個幼少年時期，因此過河村四季景色微妙的轉換和推移，住民窮苦困乏的生活，他們的喜怒哀樂、渾濁、淫猥的說話腔調，無一不是我所熟悉的。」（葉石濤，〈漂泊淚〉，《卡薩爾斯之琴》，1980 年。）

當地住民的固執愚昧與狂狷粗暴，成為男主角無法恢復的心靈創傷。而「創傷」（trauma）在心理學上可解釋為人類在對抗巨大壓力之後，所面對的心理失調後遺症。人們的創傷經驗有時也成為蟄伏於夢魘中的集體潛意識，既存在於個人心中，又深植為群體思維，並隨著時間的綿延而加深變形。英國創傷文化研究學者凱西·卡茹絲（Cathy Caruth）在專著中指出：「創傷必須被視為是心理上的病症，那麼，與其說這個病症來自個體的潛意識記憶，不如說這是歷史的病症。我們可以說，創傷病症的患者，內心潛藏著一個無法言說的歷史，或者說，創傷患者本身就是他們無法把握的歷史症狀。」（Caruth, Cathy, ed.Trauma: Exploration in Memory.Baltimore and London: The John Hopkins University Press，1995.）

　　葉石濤在多篇小說中重複敘述狹窄、灰暗、家徒四壁的蝸居生活，以及和舞女或暗娼等社會底層的女性，相濡以沫的生活情懷，實際上也是一種曾經籠罩在心靈的巨大陰影，在日據時期到終戰前後，曾經壓抑而銘刻於許多年輕人的記憶深處。這些壓力實際上成為伺機而發的靈感，因而許多作家都在持續地提及生命中難以癒合的病症，他們大量抒寫個人的生活經歷和自傳性的記憶篇章，以至於使這些寫作題材成為終身的基調，例如：葉石濤在〈漂泊淚〉中對過河村生活氛圍的描述，成為他有別於打銀巷一類故事題材的特殊地方記憶書寫，事實上卻是與葫蘆巷的故事題材，形成同一系列藉由寫作抒解那曾經逼迫自己陷入窘境的不堪命運。

　　「我就是住在這閣樓上的。樓下有許多小房間被隔開得有如蝟集蜂房，那是秋雲他們從事勞動的牛車間。我一步步地踏著腐朽的、斜斜的樓梯，彷彿在爬登險峻的山坡。每登上一層，我覺得夜色更加深了。」「過河村位於長年乾涸的八掌溪旁邊。跟八掌溪旁邊無數的村落一樣，每當夏天的狂風暴雨來襲的時候，就得忍受那泛濫的河水席捲田地，摧毀房屋和樹木。」「這村落特別顯得死氣沉沉，困苦而畏縮，充滿著不可名狀的淒苦氣氛，致使當你一踏進那泥濘不堪的村落時，你就驀地有一種感覺；好似你業已失去身體重心，猛地跌進愁苦和悽愴結成的網罟裡，你此後猶如一隻被蜘蛛捕捉的羽蟲，只好靜靜地任塞惡所折騰。」有時暗娼送來的一碗麵，都能激起阿濱本能的飢渴與人性尊嚴的苛烈廝殺。最後，當他屈辱地幾乎嚥不下那些蠟黃麵條時，「心裡的創傷也就更加深了些。」

　　葉石濤以類似的角色關係、故事結構與地緣描述，重複著貧困男女內心的疲憊與無力感：「『你累了。』我溫和地說著，將她摟在懷裡，我感覺到她柔軟的身體發散著一股溫熱的氣息。我不想要她，我沒有一丁點兒肉慾；她不過是受難的我底姐妹罷了。我只要

這樣摟抱著她，把我生命之活力傳給她，使她有短暫的疏鬆和憩息，我就該心滿意足了。」秋雲豐滿而鬆弛的乳房，使阿濱的悲哀與徬徨因肉體的溫暖而逐漸融化，而秋雲的淚水便成為無聲的震盪，在兩人朦朧不清的噩夢裡哀號、呻吟和掙扎。葉石濤「無慾」的身體敘述，形成主角本身的自我療癒，也形同作者本人的書寫治療，在他隱晦地透露自身的創傷經驗和暗示歷史的集體心理陰影籠罩中，重複敘事成為一種利器，幫助作者逃脫與超越始終纏繞於心靈的創痛。

（三）小說文本的派生與結局的重新演繹

而貧困、飢餓與無性的記憶書寫，恰好與《蝴蝶巷春夢》裡無止盡的愛慾糾纏，以及露骨的性交描述，形成強烈的對比。打銀街與蝴蝶巷一系列的繁華景象，襯托出男女情事的喧騰輝煌，另一方面，葉石濤也以深層孤寂與反性慾的一面，強化貧窮與飢餓對性慾的摧殘。這一類的故事，則以葫蘆巷與鹽分地帶的書寫為主，除了特別表現在單身青年與社會底層從事性工作的女性之間的無性的互動關係之外，葉石濤也將寫作的層次延伸到夫妻的互相對待中，以表面上看似正常的家庭生活，揭露貧窮與戰爭歲月的傷痕陰影，如何持續而深刻地糾纏在兩性無性無愛與無止盡的疲憊與冷漠關係中。在〈晚餐〉一文裡，主角們依舊住在齷齪的街路，那幢樓房「好似從重濁潮濕的地面驀地冒出來的一株色彩黯淡的毒蕈。」（葉石濤，〈晚餐〉，《卡薩爾斯之琴》，1980 年。）而男主角林律夫的感受則無疑是作者本人的切身體驗：「他記不清楚到底從什麼時候開始，似乎是從他懂事的年齡時候起，他就一直這樣佝僂著身子，日以繼夜地讀著這些叫人頭痛欲絕的小說。從需要用刀片截開的法蘭西裝釘的洋書直到軟薄如葉片的詩集，一本又一本，一頁又一

頁，他把生命的每一滴，都消耗在這既無聊又令人心身頹喪的勾當上。有時他想到那耶穌基督揹負著沉重的十字架蹣跚地走向骷髏之丘，大聲喊著『我的神！我的神為什麼離棄我』的時候，心如刀割，驟然淚下。」作者藉由多重文本中，閱讀者佝僂的身影與沉重的心靈，反覆進行夫子自道式的追憶與陳述，於是小說裡的男主角都與作者本人形成了人名與時空互異的層層疊影。

在無數個黃昏的殘光中，林律夫藉由閱讀證實了「這無邊無涯的宇宙裡，人類這種生物是毫無條理可言的荒謬存在。」各式各樣剪裁的書籍映襯了生活的痛苦，它們像笨重的十字架，壓扁了林律夫的背脊，也創傷了他的心靈。然而一旦將視線移出書本，現實生活中被壓榨得血淋淋的心窩和臟腑，則更加扼殺了他對未來的一絲絲憧憬。當光明逐漸隱沒於冥冥黑暗中，林律夫拿起舊報紙塞進火爐，就在陽台上燒起飯來。這時他的耳畔響起早晨妻子出門前以沙啞的聲音交代他別錯過了煮飯時間：「我不能像你一樣，啃嚼書本餵飽肚腸！」妻子淑宜的慘然一笑與說話語氣，而今已經全然沒有慍意，因為「他知道淑宜再也沒有譏諷和侮蔑他的力氣了；她終日為生活奔波，心身俱傷，再也顧不得纖細的感情漣漪了。」

在林律夫的眼中，妻子於艱辛的生活處境中像是一隻翅膀折損的美麗天鵝，「他只夢想著擁有一小片足讓她憩息的湖面，在那裡她能夠麻木的閉眼沉思。」律夫怕飯還沒煮好之前，淑宜帶著愁苦的臉色回來，他怕她水汪汪的瞳孔浮現絕望的神情。然而淑宜還是在這時候踩著沉重的腳步回來了，葉石濤以電影蒙太奇的手法，將林律夫眼中的妻子做了戰前與戰後兩番影象的剪輯：「他忽然覺得有一陣震顫魂靈的憐憫之情湧上心窩。她好像在以前經驗過同眼前的氣氛情調完全一模一樣的光景，不過那是很久很久以前的事了；

那少女穿著黃色碎花的長衫，站在竹簾搖晃的門口，滿臉浮現著詢問、疑惑的神色盯著他不放。」

　　那是在一九四四年的夏天，他記得那時候的她豔如雛菊，冰肌玉骨而身材苗條。此刻卻只剩一臉憔悴與空洞無神的雙眼。「哀傷多於歡樂的時光慢慢地腐蝕著她，在她底肉體上刻上鬆弛的線條。」晚餐中的一道紅燒茄子，因為天氣太熱而發出酸腐的氣味，使得淑宜想起了血肉模糊的屍體，林律夫的眼前頓時浮現火光衝天的地獄場景，「是的，那一次空襲死了不少人呢！一九四五年之夏天吧，我在州廳大廈的廣場遇到你，你昏迷在噴水池旁，而地上滿躺著殘肢缺腿的屍體……。」這一段畫面的剪接伴隨著林律夫的回憶而來，同時也在另一篇小說〈齋堂傳奇〉中出現，意味著戰火的突襲與情人的相遇，在作者心目中已定格成永遠的回憶，因而成為他筆下另一場重複敘事的記憶場景。

　　故事裡的男主角李淳總是在空襲頻繁發生的午後，躲進蒼翠翁鬱的齋堂裡，在綠色的陽光中迷迷糊糊地沉浸在扣人心弦的小說情節裡。那時突然來了一個女人掀起住屋的竹簾，露出一襲黃色碎花的長衫，給予幽暗的空間帶來明亮的質感，「當他微感驚訝，繼續注視的時候，那女人忽然抬起頭來，把身子依靠著長案，佇足不前，以柔媚優雅的姿態撫弄著垂肩的髮梢。」李淳覺得詫異不僅僅是因為她的美，更異於常人的是那身服飾所帶給他的深刻印象：「那一九四〇年代，正是專制和黷武至上的時代，由於執政者可笑、愚蠢的規定，男人一律要穿著草綠色的類似軍服的衣飾，甚至打著綁腿；女人幾乎是清一色的燈籠褲，色彩黯淡得足以扼殺男人的憧憬和詩情。」在那樣惡劣的色彩與服飾環境中，素珍的灑脫與豔麗的長衫，使李淳暫時拋卻了戰爭的威脅，彷彿被帶往一個承平安詳的國度，徹底地從時代意識中解脫。

　　李淳和素珍第二次碰面時，命運，正以排山倒海的力量向他們猛撲。在州廳廣場前圓環的樹蔭下，「他一轉眼就瞥見那穿長衫的女人用輕快的腳步朝他走過來。她輕輕地擺動著修長的臂腕，猶如在水中穿梭的熱帶魚；她天生有優美如公主般的風度。」這對一見鍾情的青年男女，正為了再度的重逢而彼此凝視，身子微微發顫，沒想到「石階忽然猛烈地震動了。接著眼前驟然一亮，他看見對面那富麗堂皇的州廳大廈猛地爆炸開來；火光和黑煙直升到天空去，他接連聽到炸彈落地爆炸的巨大聲響。」在沒有任何預警的情況下，轟炸機連續擊中州廳大廈的屋頂，震開了李淳和素珍原本咫尺的距離。「他反射地伏下身體，氣喘如吐舌的野狗，幾乎昏迷過去。爆炸所掀起的熱風猛打著他的身體，震動不停的大地像彈簧床似的，搖盪著他。最後一聲巨響，好想整個山峰突地坍塌下來似的，這一次天旋地轉的爆風以萬鈞之力把他像一枚枯葉似的捲了起來，猛地又摔落在噴水池旁潮濕的草地，他底心智逐漸朦朧起來。」當他重新恢復意識的時候，看見素珍橫躺在噴水池旁，毫無聲息。他救醒了她，卻在日本軍用卡車駛進之前，兩人迅速分道揚鑣了。直到一九四五年的冬天，李淳才因戰後退伍而在木魚聲中與素珍重逢。

　　這也許並非小說真正的結局，因為〈晚餐〉一文中，作者藉由林律夫和淑宜的共同回憶，再度展現了相異題材下的重複敘事情節，並為這對炮火中的鴛鴦設計了另一段人生的樣貌。「他底眼前驟然浮現火光沖天的阿修羅地獄，他底耳畔彷彿能聽到揚長而去的重轟炸機隆隆的爆音。」這場爆炸盤據在作者兩篇小說的關鍵時刻上，使他透過書寫來思索經歷炮火轟炸而倖存的人們，究竟在往後的生涯裡承受了多大的影響。「然而那時他和淑宜的邂逅是一場悲劇的開端。他們由於一起僥倖從死裡逃生便一見鍾情，盲目的結了婚，然

後平淡無奇的度過二十多年的日子。」平淡而窮困得一籌莫展的夫妻生活，使林律夫懷疑愛情曾經存在過。淑宜歇斯底里地喊著：「你那時救醒了我！你那時是一個英雄！是的，你一直是個英雄！」

葉石濤有感於戰爭時代是一切價值動搖的時代，也許人們以為命在旦夕，於是瘋狂地做出轟轟烈烈的決定。然而戰爭時期因時勢所塑造的英雄，也許在戰後成為失去了一切價值標準的徬徨者。「他提起那青色塑膠水桶來。他底女人伸手繞過去拉開脊背上的拉鍊，他看見衣服沿著她的肩胛滑落下去。蠟黃色的脖子，瘦弱的背全部露了出來。這裸裎的肉體並沒有引起他一絲絲情慾的悸動……他希望她能安安穩穩地甜睡到天明。」故事的結局，葉石濤依然以無性的夜晚作終，來象徵經歷戰火威脅與生活困頓的人生，終究像是缺少靈魂的傀儡，搖盪在半空中，也許滿腹辛酸，卻始終沒有哭出來。

結語：向回憶靠近

美國漢學家宇文所安指稱：「記憶者與被記憶者之間也有這樣的鴻溝：回憶永遠是向被回憶的東西靠近，時間在兩者之間橫有鴻溝總有東西忘掉，總有東西記不完整。」（宇文所安，《追憶，中國古典文學中的往事再現》，2006 年。）當作者以文字去接近童年時期的家族繁華、青少年時期的情慾幻想，與歷盡苦難酸辛之後的生命體驗。書寫確有可能逾越了真實，同時也美化了想像，然而重點還在於賦予意義的過程。當作家以文字捕捉他對文化與地理的認同感時，我們同時理解到關於他的文化與地方意識。因此與其將文本視為訴說昨日，毋寧是作家再度以記憶來填充與撫慰今日。

葉石濤將戰時的生存處境與戰後的困乏生活，交融成一篇篇以地方特色為故事序幕的短篇小說。他以個人的家世背景與成長經

驗，塑造了打銀街及蝴蝶巷等一系列纏綿於情慾的私密空間，藉以抒發內心底層對出生地的認同，那不僅是個人生命從此出發所帶來的重大意義，與此同時，隱密的情慾之流也源於此穴，並從此一發不可收拾地向前湧動，因而形成了葉氏地方書寫的特殊情結。是故打銀街一帶成為作家生命底層情慾暗流的符號，日據中期以後偌大的葉厝風華難再的景況描述，猶似作者生命之流的表層水脈甚是湍急，象徵著昔日繁華一去不復返的沒落與哀愁；所有與年長婦女裸裎相見的全面式情慾宣洩，則又暴露出隱藏在生命之流底層無盡的漩渦，暗喻了作者青春時期內在生命力與外界社會環境交流互動過程中的重重危機。葉石濤晚年的激情式寫作，若以記憶書寫來填充和撫慰今日的意義予以理解，應多少彌補了少年時期生活慾望的深沉黑洞。

他的另一系列短篇小說，則以葫蘆巷拉開序幕，使讀者進入與上述世界異質的時空。故事一開始，前朝的風流雅事已成追憶，只剩下猥瑣鄙陋的巷弄生涯，供人無止盡地感受著心靈的疲憊、身體的困乏，以及靈魂的孤寂。在許多無性的黑夜，伴隨著吃飯睡眠等現實生活的是年輕時代空襲與炮火落在眼前的驚恐畫面，這些創傷與猶存的餘悸反覆以不同的題材出現在葉石濤所欲處理的兩性課題上，加深了他對當時自我處境的回顧與理解，同時透過寫作的藝術化加工，也無形中幫助他釐清了那些戰爭歲月所留下的創傷經驗，在戰後的自忖，以及與他人的相處上所帶來的影響。

這些故事容或交織了作家內在虛虛實實的想像與不完整的記憶，猶如聶華苓在〈小說的實與虛〉一文中所云：「逝去的時光抓不住，但還有記憶，那就寫下來吧！其實那記憶也並不真實，就像一張舊照片，變了色，甚至模糊了，你抹上色彩，描上輪廓，就不是原樣了。」（聶華苓，〈小說的虛與實──以桑青與桃紅為例〉，《明

報月刊》427 期，2001 年。）然而在我們重新定義今昔交錯的時空影像，並進一步試圖將重組與拼貼記憶的概念，融入小說閱讀美學的過程中，我們所能把握的真實，也許並不一定在於作家個人的追述與集體記憶疊合的部分，更重要的是，從虛構文本與反覆書寫的題材經驗裡，我們發掘了作家真誠地面對生命而自然流露的終身追求與價值取向。

奏不完的弦外之音

——白蛇故事的改寫

一、「本事」與「演繹」

「菰蒲無邊水茫茫，荷花夜開風露香。」猶如華爾騰湖塑造了美國文豪梭羅及其《湖濱散記》；在中國，戀戀情深的西湖之水，千餘年來，亦不知孕育了多少文學與人生的疊影。西湖十景中，除了「柳浪聞鶯」處曾經發生過一段〈賣油郎獨佔花魁〉的傳聞軼事，至今仍在江南傳唱不息之外，最為人所熟識的西湖故事，當屬從斷橋起，至雷峰塔終的「白蛇傳」了。

白蛇故事家喻戶曉，婦孺皆知。它的起源，早在有文字記錄之前，便以神怪之言傳說於民間。從小說發展的歷史軌跡觀之，則可追溯自唐人傳奇。唐代與白蛇故事有關的文言短篇小說有《李黃》、《李琯》與《蟒精》等三篇。前二者出於《博異志》，後收錄在宋人李昉主編的《太平廣記》。至於後者則為明代小說家馮夢龍潤飾、編輯後，收錄於《情史》當中。上述三篇傳奇都有典型的人蛇相戀情節，主旨亦皆以好色貪淫為戒，後者更以屈道人作法降妖作為結局，內容雖無涉於西湖，卻已為後世白蛇故事的發展提供素材。

至宋元時期，說話人為白蛇故事做了進一步的鋪展。南宋話本有《西湖三塔記》與《雙魚扇墜》兩篇與白蛇有關的故事。前者收錄在明洪楩的《清平山堂話本》，後者見於《古今小說》。歸納這兩

篇話本的內容，已初見斷橋相會、清明相遇、丫環作媒、幾度離合，以及造塔鎮壓等情節。然而主題思想仍不脫戒之在淫。

後人根據上述的傳奇與話本，以及更早之前的神話與傳說，繼續加以補充、生發及再創作，自明萬曆之後，白蛇故事的文學形式陡然繁增，舉凡小說、彈詞、越劇、秦腔、小曲、京劇、八角鼓、子弟書……等各地方言、各種樂曲，皆投入為白蛇故事重新撰述與詮釋的行列之中。白蛇故事因而廣為流布，締造出中國俗文學文本多樣、內容豐厚的顯例。其間，《警世通言》刊行於明代天啟四年（1624），書中的《白娘子永鎮雷峰塔》是我們今天所見白蛇故事從原始素材進步到基本架構定型的第一篇「白蛇傳」。其故事情節從游湖借傘、訂親贈銀、發配蘇州、戲弄道士、扇墜招禍、發配鎮江、懲嚇淫徒、金山尋夫、法海降妖，到永鎮雷峰等，皆為後世「白蛇傳」所沿襲。因此，就小說結構而言，《永鎮雷峰塔》這篇經過改寫的話本當為白蛇類型故事發展趨於成熟的重要作品。然而小說內容描寫白娘子以色誘人，而且行事作風顯示妖性大於人性，則可知此間的主題仍與前述之傳奇、話本相近。唯其在宣揚佛教色空觀念與禁慾主義上，多有著墨。

有清一代至民國初年，白蛇故事仍在繼續改寫、改編之中。如乾隆年間黃圖珌的《雷峰塔傳奇》上下二卷、佚名氏的《雷峰塔白蛇傳》、方成培改本的《雷峰塔傳奇》，與嘉慶年間玉山主人的章回小說《雷峰塔奇傳》、陳遇乾作顧光祖改編的《義妖全傳》彈詞，以及民國十七年佚名者根據《義妖全傳》改寫的章回小說《前白蛇傳》等各書，均可視為白蛇故事的成熟階段。在人物性格方面，此時白娘子已脫去貪淫殘忍的妖性，一心為報恩而熱戀許仙，為丈夫排憂解難，舍生忘死，鍾情專一，集愛侶、賢妻、慈母於一身。而許仙亦從為妖怪所害的受難者，轉變為起初性格動搖後來情感逐漸

專一，最終並走向佛家色空之路的實踐者。這一時期，法海代表穩定社會秩序的控制力，白蛇象徵敢於衝破命運網羅的世間癡愛，面對法海持握佛祖與北極真武大帝旨意的拆散與鎮壓，白娘子的愛恨情愁，以及她與許仙、法海之間在思想性格上的矛盾與衝突，便構成了空前的戲劇張力。此時的主題亦已超越佛家教誨，完全進入婚戀自主的思想與訴求當中。

終戰前後，大陸劇作家田漢以反封建階級與反迷信的觀念改編京劇《白蛇傳》（1944），並於一九五〇年代兩次修改，將白娘子與小青塑造成反抗地主階級，鬥爭封建勢力的戰神。並以小青練劍救白娘子出塔作結，以昭示封建必敗的信念，成為大陸戰後以來白蛇故事續作的代表。

現代兩岸三地的作家改寫白蛇故事者，包括：張曉風的以散文〈許士林的獨白〉，抒發兩岸睽隔三十年之後，兒子對母親的孺慕之情。水晶的中篇《午夜夢囈》，以意識流的手法勾勒一九六〇年代初期的社會現象與青年的心靈苦悶。香港作家李碧華的長篇《青蛇》在台灣出版，小說以青蛇的情慾掙扎作為敘事主體，反映邊緣人物的雙性戀情結。李喬的長篇《白蛇新傳》則著重探討佛法與人性、情愛之間的糾葛。一九九〇年代末，並有嚴歌苓的中篇藉白蛇的議題，發展出情慾暨同志論述的空間。

二、妖魔聖賢化

從歷來的白蛇故事演繹當中，我們可以循序疏理出一條衍化過程，即是白娘子由妖而人的道路。在原始素材裡，白娘子是一個以色誘人、騙人錢財、食人心肝的妖魔。《白娘子永鎮雷峰塔》的作者，在宣導現實歡樂的虛妄，唯有遁入空門才能得到永恆平靜的同

時，帶出白娘子這個人物。於是她的性格與思想便只能限制在負面的妖魔形象上。這是中國俗文學發展過程中，文學佛教化與載道化合流的顯著現象。

在歷代的白蛇故事發展中，白娘子的名字歷經數變。唐代《李瑁》稱她為白衣女子，宋代的《雙魚扇墜》名之為孔淑芳，《西湖三塔記》稱她為白卯奴，明代的《情史》則形容其為美麗婦人，《白蛇記》稱她為龍子，《西湖遊覽志》等只喚她作白蛇。到了清代，鈕玉樵的《觚賸》將她改名為「何淑貞」，而《義妖白蛇傳》則正式定名為「白素貞」。「貞」字在《易經》乾卦：「元亨利貞」之文王繫辭中有「堅守正道」的意思。因此「素貞」的定名，其背後所代表的含意是，白蛇的身份到了清代，已完全脫離惡魔的獸性，走上「義妖」的人性的道路。

正是在乾嘉時代，白蛇故事轉趨成熟，白娘子的思想性格便隨之產生了鮮明的變化。在清代改寫者的重塑之下，白娘子勇於突破世俗門第貴賤的觀念，看重許仙少年老成的人品，並且無論許仙如何搖擺不定，白娘子始終堅貞不移，為許仙排憂解難、興家立業，以至臨危託孤，充分體現了傳統社會對女子賢妻良母等優良品格的要求。然而儘管如此，改編者並未將白娘子形塑成一個完美的形象。她顯然也有許多的缺點和不足。例如盜庫銀、竊梁王府寶庫，因而連累丈夫。又如散瘟賣藥、變成吊死鬼懲治淫棍等等，這些情節一方面反映出當時社會一般民眾的閱讀趣味，同時也可視為作家對於筆下人物形塑過程中，自覺地將白蛇故事抽離佛教思維的籠罩，重新嘗試以「人」的觀點烘托白素貞的意義與價值。

及至戰後大陸劇作家田漢的《白蛇傳》問世，遂進而將許仙納小青為妾，視為一夫多妻制的封建陋習而予以刪削。同時亦對於白娘子之甘於受鎮在雷峰塔之下，感到她的鬥爭性格之不足，終而以

鬥爭反抗的方式，救素貞出塔。關於這些問題，台灣戰後作家亦有其作為白蛇故事接受者的創造性闡釋。綜合歸納台灣作家的白蛇新作，其主題內容和清代以前的文本之間所構成的深度對話之一，便是集中在關於「人性」問題的抒發上。

李喬《情天無恨》裡，白素貞以一個「美麗自由的生命」自願成為「落入輪迴的凡婦」，她不能以修得人的形軀為滿足，執也好，迷也好，她要親自走一趟人間行，考驗「人性」，同時也接受人性的試鍊。她以一個「非人」的身份、「新人」的姿態探勘人間，看到萬有獨尊的人類之自私自利與可鄙可惡，如許宣父執輩在政爭中的爭權奪利，錢塘縣衙吏的監守自盜，許宣姐夫的出賣妻舅，並將錯就錯，將許宣發配姑蘇，而許宣也不甘示弱地威脅李君甫，必要時把姊姊、姊夫一同牽涉入案。之後白素貞蘇州行醫，許仙的前雇主吳兆芳先以發霉的藥材賣給她而毫無愧色，後又設毒計意欲迷姦她。許宣因素貞可製拯救百姓於瘟疫的藥，而滿心只想哄抬藥價，趁機發財……，在白素貞新人眼中如同照妖鏡的檢視下，人性徹底地暴發出它的卑劣與無能。

弔詭的是，身為冷血蛇性的白素貞比真正的「人」，更常良心「不安」地自我反省：「我好自私；自私是我不可拔除的本性吧？或者，成形為人才這樣自私呢？還是，生命體就具全這種自私心？」（李喬《情天無恨——白蛇新傳》）她發現人間最動人的情愛，是根植於無窮的慾壑之中，它不是人生的終極關懷，而是人心靈臺圮潰之後偶然閃現的星光，乍現還滅。試看許宣與小青、素貞初識時的心機便知：

> 這裡只有他一個人。姑娘（小青）是衝著自己來的。姑娘的臉上漾著幾分刁點的笑意——看哪！她，自己擎一把紙傘外，左手腕上還掛著另一把呢。

「……」心思如電如閃，梳理不出具體的意念，但憑他多年的脂粉經驗，或者說是鴻運當頭所特有的那一絲感應，嘿嘿！是時候了……

「姑娘是？……我……」

他表現的有些慌亂羞赧的意思。這是臨時起意的，當然是胸有成竹的演出嘛！

及至成親當天：

白姑娘親自迎在大門口，這番恩！這份情！他真想摔下捧著拎著的，飛撲過去，然後跪伏下來。

不過，這只是心頭一閃的意念罷了。他（許宣）畢竟是老練人物，縱然心花怒放而跡近忘形，他還是能夠瞬間就抑制自己，然後擺出一份優雅自在。

白素貞的誠心誠意、自然投視，在人與人之間僵化的規矩與互動模式中不斷地受到委曲與斲喪，於是終於驗證出人類感知底層中虛假與懦弱。白素貞努力做「人」所肯定的事，然而，人，卻始終高高在上，孤立自己於萬物之中，將她摒除在情愛的所有權之外。法海開口孽畜，閉口蛇妖，就是為了維護情愛為人所專有的「律法」，認為只有人才知道情愛的意義，儘管人間沒有真正的情愛。

除了男女之愛，親子之情也是白素貞在多變人間行走時所必經的磨練。根據玉山主人的章回小說《雷峰塔奇傳》的描述，法海在合缽之前，白娘子懇請許仙的姐姐嬌容念親親之情，代為撫養幼兒夢蛟。嬌容淒然應允，許仙頓足悲啼，法海則堅持奉旨而行，來到雷峰塔下，讓許仙與白蛇訣別，命白蛇入塔受刑。法海告訴白蛇，

待其子得到誥封，回來祭塔，方是飛升之日。許仙悲痛之餘，出家金山寺。夢蛟自幼穎悟，然受同儕歧視，幸得觀音濟助，於刻苦攻讀之後，高中狀元，上表陳述父母離難，天子敕封許仙與白蛇，夢蛟返鄉祭塔救母，白氏災難遂除。

在田漢所編的京劇「白蛇傳」中，白素貞的慈母形象與對親子之愛，亦是她與許仙的堅貞愛情的一個側面。在法海合缽之後，要求讓兒子再吃一口離娘奶，並央求許氏撫養其子的情節，使人強烈地感受到母愛的光輝。法缽罩不住兒子對母親的牽絆，在一九七〇年代末的台灣，與另有一層政治、文化因素結合，發展出新的文學意涵。由於兩岸時空的隔絕，造成台灣外省族群懷鄉文學的大量出現。在這一股文學潮流中，張曉風撰寫了一篇〈許士林的獨白〉，於兩岸睽隔三十年之久後，她將此文「獻給那些睽違母顏比十八年更長久的天涯之人」。張曉風在文中藉許士林之口，道出她對「人」的界義：

> 娘，你來到西湖，從疊煙架翠的峨嵋到軟紅十丈的人間，人
> 間對你而言，是非走一趟不可的嗎？但裏湖、外湖、蘇堤、
> 白堤，娘，竟沒有一處可堪容你，千年修持，抵不了人間一
> 字相傳的血脈姓氏，為什麼人類只許自己修仙修道，卻不許
> 萬物修得人身跟自己平起平坐呢？娘，我一頁一頁的翻聖賢
> 書，一個一個的去閱人的臉，所謂聖賢書無非要我們做人，
> 但為什麼真的人都不想做人呢？娘啊！閱遍了人和書，我只
> 想長哭，娘啊，世間原來並沒有人跟你一樣癡心地想做人
> 啊！歲歲年年，大雁在頭頂的青天上反覆指示「人」字是怎
> 麼寫的，但是，娘，沒有一個人在看，更沒有一個人看懂了
> 啊！（張曉風〈許士林的獨白〉）

　　白素貞以「非人」之身、「新人」之心不見容於人間，原來世間竟沒有一個像她一樣一心一意想做一個真人的癡心人！古往今來有幾人真正懂得「人」的界義，並且認真地發揮了人性的光輝。白蛇故事至此不僅與懷鄉主題結合，同時也對前清以來妖魔聖賢化的議題，做出進一步對人性深刻的探索。這一點無論是重視人之尊嚴，強調民族苦難與土地依戀的作家李喬，或是偏愛京劇象徵技巧的張曉風，皆不約而同地通過白蛇故事的改寫，重新在人／獸之別中省視「人」的意義。同時許士林塔前祭母的行為，無疑是儒家倫理思想在白蛇故事中與佛法觀念對峙所起的作用。而戰後台灣儒學在白蛇傳奇中所突顯的意義又與前清及日據時期有所不同，它一方面是繼承南明以降朱子學經世致用的傳統，同時又在台灣移民社會隨著西潮的衝擊而不斷地轉化故事內在所蘊含的意義。因此，以大陸作家將白蛇故事的續寫場景多半設在文革期間作為對照時，我們更清楚地意識到，台灣作家改寫白蛇故事的特殊性在於通過人的世界與昆蟲魚獸的世界之間的「變形」與「迴轉」，藉由超現實的美學思維與神話架構，探討現代社會的「人禽之辨」與「倫理親情」。於是張曉風以許士林對白素貞人獸之間的親子認同，完成了她將白蛇傳奇賦予現代流亡者對母土依戀的象徵性書寫。

三、高僧妖魔化

　　同樣地，在一九六〇年代以後，逐漸以意識流創作小說的作家水晶，於他的中篇〈午夜夢囈〉中，亦觸及了「人性」討論。他以寫實性的文字風格，描繪燠熱難當的氣候，和霪雨霏霏的場景，暗示一九六〇年代初期社會的滯悶風氣，同時襯托出第一人稱的男主角與他的室友鏡清兩人虛無苦悶的生活。男主角與林素貞的無緣，

以及主角面對追求者，內心的焦灼與「手淫」、嫖妓等舉動，突顯了弱肉強食的愛情世界裡，弱者的沈淪。「人」在其間所顯露的卑瑣，是作者關懷的主題。它同時反映了現代派文藝作家共同傾注的時代焦點。

台灣文壇自一九五〇年代以後，既肅清了中國一九三〇年代以降文學作品的接受機會，復因處於美蘇霸權對峙的風雲情勢之中，於是美式文化及其意識型態即挾資金、技術湧入，並將文壇帶向紐約風的存在與現代主義之路。於是存在主義中「回歸自我」，將價值歸於「主體」的哲學流風趁勢而興並持續漫延。存在主義者研究「我」的意義，討論「如何使人重新成為他自己」的課題。當「自我」落實在情意活動中，為了實現「情意自我」，人們藉由例證的援引，說明在空幻的群眾意象中，個人淹沒於群體的「非人化」現象，並藉由個我因此而產生的不安與恐懼，牽引人們探索「恢復自我」之途。當存在主義發展成為一種探討「人之所以為人」的哲學，文學作品便大量地進入「人」的世界內部去研究，進而成為一種「意識的敘述」。在中國的白蛇故事中，白娘子在一個由一群非人化形成的世界中，獨感不安與恐懼，她堅持實行踐忠誠的愛情。她的踽踽獨行，在現當代的台灣文學思想中形成一種探索人生「存在」意義的依憑。

文學反映不同的人生存在處境，立意要魔障伏法的法海一心相信「一切世界，唯法成就」，卻忘了在修行的過程中，道宣師父對他的提醒：「佛法唯一，方便法門，卻有八萬四千哪。」因此當他用法鎮壓了情之後，才愕然發現自己亦無容身之地了！李喬的《情天無恨》突出了法海這個角色的人生困境是，無「情」則人性的尊嚴亦無由確立，徒然有千年的律法修行，亦無能使其容身於人間。唯有比法海更柔軟、溫情的白蛇的心性，才是人間正義感與祝福的

歸依。因此，法海以佛界的原理與力量所做的一切努力，反而使他高僧的地位逐漸在民間流傳中一再地妖魔化。在〈午夜夢囈〉中相當於法海角色的瘸腿人，化身為現代社會中冷酷、傲慢的主管，對下屬與他人的無情管待，是令人備感疏離、壓抑與窒息的來源。他缺乏人性原有的熱情和依戀、徬徨與猶疑，反而被視為一種病態。

「白蛇傳」作為一部文學作品，並不是一個自身獨立，向每個時代、每一位讀者呈現相同觀點的客體。而是在時間的推移與地域的轉換之中，讀者也產生了變化，白蛇故事便是在受過存在主義洗禮的戰後台灣作家筆下，展現其作為探視「人性」的有利憑藉，因而使得「白蛇傳」擺脫了前代讀者凝固的佛理與色空觀念，於現代社會得到新的人文品味與審美風格。

四、情慾風尚

每一個時代及地區，有其閱讀風尚與書寫趣味，歷來的白蛇故事在發表之初，誠然有其特定的思想意義，然而過了那個時期，便可能被其他接受者解讀出別的意義。因為每個時代的讀者對作品的模仿及接受過程，便是一種既和作品又和歷史保持密切關聯的雙向活動。是故白蛇傳的意義便在歷來不同時代、不同領域之讀者的創造性、歷史性、地域性之接受實踐中產生。這也是我們關懷現當代作家們如何「閱讀」前代小說戲曲，進而從事再創作的價值與意義，這其中必然存在著當代人對它的詮釋新視野，或逕以接受美學的理論稱之為一種「誤讀」。

一九九〇年代台灣社會因女性主義與同志論述的興起，復因文學獎的倡勵作用，情慾書寫頓時便成為一門新興的藝術課題。其中以當代小說、新詩及電影三大類形式對情慾的開發與解放作

出較多的闡述。此時白蛇故事又成為流行的議題。例如：香港作家李碧華的《青蛇》改變了歷來白蛇故事的敘事觀點，將第一人稱轉移到小青身上，其書改編為電影後，在台灣上映，頗有好評。書中青蛇面對與白蛇的同性之愛，及其對許仙的異性之戀，展開一段情愛掙扎的心路歷程。其後對於法海沉淪在拯救許仙的執迷中，作者亦將其轉化、解釋為法海對許仙的同性吸引。而小青與素貞之間的關係則既有姊妹之情，同時又是兩個相互競爭的女人。作者先以白描、對話的直接手法描述青蛇純真的同性愛傾向，繼而刻劃兩人為了爭奪許仙而發展出劍拔弩張的情勢。她問白蛇：

> 「你不喜歡我？」
>
> 「喜歡。」她道：「但難道你不疲倦嗎？」
>
> 「我五百年以來的日子，都是如此度過了。」我有點負氣：「對你的欣賞和讚美並不虛偽。如果虛偽，才容易疲倦。」
>
> 她不管我，自顧自心事重重地踏上蘇堤。我纏在她身後，絮絮叨叨：「你不喜歡我？你不再喜歡我？」（李碧華《青蛇》）

當白蛇大戰鹿童與鶴童奪取靈芝之際，小青接了仙草先回頭救許仙，因而有了與許仙獨處的機會，她在內心裡獨白：

> 我銜了靈藥，慢慢地、慢慢地欠身、挨近他。我把靈藥仔細相餵。當我這樣做時，根本沒有準備──某一刻，我倆如此的接近。……
>
> 許仙鼻息悠悠，紓緩而軟弱。他醒了他醒了！我心裡有說不盡的歡喜。他勉力睜眼，星星亂亂，不知此身是主是客。我與他四目交投。……
>
> 他的離魂乍合，一片模糊。你是誰？我是誰？啊，大家都不明身世。

我起來了，倒退了三步，在遠一點的地域端詳他。最好他甚
麼都記不得。一切從頭再來，東山再起。

一剎那間，我想到，我們雙雙跑掉吧，改名換姓，隱瞞身世，
永永遠遠，也不必追認前塵。

當許仙恢復意識，認出小青之後，作者以意識流的手法處理一
場挑情的床戲，一段情色的文學，同時呈現小青眼裡心底的慾望，
背叛素貞的焦慮，以及內心掙扎的痕跡：

靈芝蕩蕩的香氣，在我與他之間氤氳飄搖。無雙的仙
草……。他支起身，向我趨近。

我有點張惶。

他向我趨近。我有點張惶。

是的，好像他每一步，都會踩在我身上心上。才不過三步
之遙。

不知道為甚麼變得這樣的無能。

一下子我的臉泛了可恨的紅雲。我竟控制不了這種挨挨蹭蹭
不肯散去的顏色。我剛才……？他看著我。看的時候，眼中
甚麼也有，帶著剛還陽的神秘和不安，一眨眼，將沒有了。
固知難以永久，不若珍惜片時。

連黃昏也遲暮了。

素貞快回來了！

這三步之遙，我把心一橫，斷然縮短。我要他！──難道他
不貪要我嗎？

快。急急忙忙的，永不超生的。

　　接下來作者運用絢爛的光色、各種甘苦的味覺、寒熱的起落、心情的升降，藉物起興、交插疊配的比喻、鋪陳出情色纏綿的、出軌的滋味：

> 天色變成紫紅。像一張巨網，繁華綺麗地撒下來。世界頓顯雍容閃亮。──一種魅魅不可告人的光亮。可怕而迅捷。沒有時間。
>
> 未成形的黑暗淹過來，淹過來，把世人的血都煮沸。煎成一碗湯藥，熱的，動盪的。苦的是藥，甜的是過藥的蜜餞。粽子糖，由玫瑰花、九支梅、棉白糖配成……。人浮在半空，永不落實。
>
> 不知是寒冷，還是潮熱，造成了顫抖。折磨。極度的悲哀。萬念俱灰。
>
> 甚麼都忘記了。赤裸的空白。
>
> 素貞快回來了？
>
> 樹梢上有鳥窺人，簾外有聲暗喧。不。世上只有我與許仙。女人與男人。（李碧華《青蛇》）

　　在符號學的變化中，「蛇」與「舌」同聲置換之後，當「白蛇」轉化為「白舌」後，復因「蛇」的本字「它」，與古代性徵崇拜有密切的相關，「蛇」遂成為遠古以來人類寄託「性象徵」的種族記憶。表現在許多太古圖騰中，例如神話裡人類始祖伏羲和女媧便是「人首蛇身」的形象。於是「白蛇傳」便開啟了隱寓情慾世界的一扇窗，供作家們在此園地馳騁筆墨，寄託各種情慾展現的可能情節。

　　小說文本往往呼應時代社會的主流意識。在愛慾、性別與書寫之間的關係被強烈討論的同時，女同志的議題在白蛇故事場域中的發揮與創作，便可逐漸疏離原典，取得更開闊自在揮灑的空間。嚴歌苓的《白蛇》描寫成功演出白蛇的女舞蹈家孫麗坤在大陸文革期間受到監禁的生命與靈魂，突然在一場同性愛戀中得到釋放與救贖。得救的不僅是孫麗坤，連同愛慕她、陪伴她走過人生黑暗期的徐群珊，最後也得到了生命的平靜。然而在既有的異性戀相處模式的壓抑與規定之下，徐群珊的角色只好轉換成徐群山，一個背負著不男不女的特殊身份：

> 第一次聽人叫我大兄弟。跟《紅旗雜誌》、《毛選》一樣，外瓢兒是關鍵，瓤子不論。我十九歲，第一次覺得自己身上原來有模稜兩可的性別。原來從小酷愛剪短髮，酷愛哥哥們穿剩的衣服是被大多數人看成不正常起碼不尋常的。好極了。一個純粹的女孩又傻又乏味。
>
> 原來我在熟人眼中被看成女孩子，在陌生人中被當成男孩；原來我的不男不女使我在「修地球」的一年中，生活方便也安全許多。尊嚴許多。這聲「大兄弟」給我打開了一扇陌生而新奇的門。那門通向無限的可能性。
>
> 我是否能順著這些可能性摸索下去？有沒有超於雌雄性徵之上的生命？在有著子宮和卵巢的身軀中，是不是別無選擇？……
>
> 我輕篾女孩子的膚淺。
>
> 我鄙夷男孩子的粗俗。
>
> 無聊的我。怪物的我。……（嚴歌苓《白蛇》）

在這段接近自傳體的回憶記敘中,作者突顯在現有的社會秩序建構下,性別與稱呼的分化在自幼習以女扮男妝的主角之一徐群珊身上所呈現的衝擊。在生理上屬於女性的徐群珊,童年時期處於性別渾沌的狀態是自然、無造做的自我體現。成長後,經由他人的指認,性別的認同頓時令她產生驚愕與挫折。為打破現有體制分化性別與稱謂的迷思,徐群珊提出陰陽同體之可能性的觀念。原來每個人的身心同時存在著雙性的稟賦,唯有體內雙性特徵處於調和、自在的狀態,人,才成為完整的個體。同時徐群珊在「無聊的我。怪物的我。」中用了第一人稱的敘事方式顯示一九六〇年代以降,西進的女性主義在建構自我世界的意識下,放棄了「女誡式」的第二人稱用法──「你」。然而從徐群珊認識的我是無聊的、怪物的近乎自我否定的情形中,我們又不難發現身為女性與同志雙重身分的「我」,仍然難以揮去男性與異性戀的陰影。

白娘子的人物形塑,自來便呈現出反叛的特質。在傳統社會的體制下,中國人強調「禮」是一切的生活規範,克己復禮的壓抑生活哲學從人間一直延伸到神仙世界,仙班的秩序,修行的過程,充分地壓抑著身為女性與蛇雙重身份的素貞。然而她的性格中卻帶有不馴服於壓抑、大膽衝破萬有運行軌跡的質素。不顧修練的功拜垂成,一意向佛家強調的「無欲」、「寂滅」挑戰。這種與生俱來的性情,自然被當代函欲突出異性戀建立起的重重圍堵所運作,因此李碧華與嚴歌苓的從情慾與同志角度出發,對白蛇故事的改寫,在一九九〇年代的文壇出現,其間的意義,不僅延伸了傳統文化中對「蛇」與「性」的聯想,亦開啟了白蛇故事的另一層前人所未發的接受面向,為白蛇故事的改寫史增添了豐富的意涵。

五、奏不完的弦外之音

　　台灣文化自來呈現多元文化對立、妥協的歷史演進特性，因而文學典律的形成及作品消費乃至被評論的過程中，亦往往帶有被殖民的經驗，以及跨文化接受的特點。這對於本省作家創作上取材於傳統文本有一定程度的影響，而白蛇傳奇之文學作品在台灣的再創作、流傳及消費便是其中顯著的一個例子。然而作家們在改寫、轉換故事意涵的過程中，顯然並未追尋傳統說法或大陸現實主義化及文化大革命與階級鬥爭等意識型態的路線，而是將白素貞的傳奇重新轉譯成為富有移民社會的多元性解讀。

　　回顧三十年來重寫白蛇故事的文學文本，素貞身影的出現及其姿態的轉變，時常是伴隨著不同時代之政治、社會局勢而來。其中也影射了作家們對於現當代主流與非主流意識形態的反省，以及在宰治者與被宰治者之間互動與依存關係的考察及其心得。作為女性情慾與情感之主體的白素貞，在一九七○年代台灣開始接受歐美女性思潮與婦女運動的同時，被靈活地轉換出女性可以主宰情慾流向，並反抗男性威權統治的新面貌。於是白蛇故事得以在重新作為一個「人」的基礎點出發，藉著白素貞這個異類的人間修行，走出在戰後台灣的社會、文化及其時代背景下，一個具有自覺意識的第二性處境。作家們藉著她作為一個「人」的困窘，及其在人間生活歷史的脈絡下，來檢視現當代台灣社會女性與工作、性別與身體、自覺與成長、族群與情慾流向等問題。

　　清初白蛇故事從眾人懼怖的蛇魔搖身一變成為大眾所接受的富有「堅貞」形象的「義妖」，這其間隱含著滿清以異族入主中原，所亟需在民間取得的正統地位的濃厚政治色彩。同樣地，曾在一九

五〇年代被劃歸右派，並於一九七八年重返文壇開始發表監獄及勞改生活小說的大陸小說家從維熙，於一九八四年完成的長篇小說《斷橋》亦將白蛇故事寄託在作家身處的政治背景當中。故事內容描述國民黨空軍軍官的遺孀徐虹（同時也是共產黨眼中的特務）和報社司機朱雨順在文革期間生死患難的情誼，作者透過兩人的愛恨情愁，刻劃十年文革浩劫對民族造成的苦難。朱雨順因為愛護徐虹而遭到礦山勞改的命運，使他們受盡離別之苦，最後在徐虹得到癌症過世後的第二年清明節，莊華直起佝僂的身腰說道：「這不是我莊華和朱雨順的個人不幸，是整個中國的悲劇。」「你我他只不過是這幕大悲劇中扮演了不同小小角色而已。」

　　無獨有偶的是另一位大陸作家蔣子龍在一九八五年完成的長篇小說《蛇神》，亦將故事基本架構建立在十年文革期間，男主人公邵南孫因愛上「小封建者藝人」花露嬋而遭受被送至毒蛇窩勞動改革的命運。相較之下，同樣將斷橋相會的故事寄託在文革背景中，嚴歌苓的小說便在世紀末解讀出性別認同與多元性慾解放的議題。現代作家在面對古典作品進行重新賦予意義的同時，他們的聯想空間與外在世界的相關知識之間保持著密切的關聯。從本文所舉證的作品中我們發現後啟作家們往往以個人的生活閱歷，與生活環境中的各種意識形態為背景，重新詮釋傳統經典，使文學作品的欣賞活動愈來愈豐厚而充實。

　　白蛇故事經歷女人似妖的可怖形象，一變而成為執至著愛情等於執著於色慾的半妖半人形象，再變而成為傳統封建社會秩序的反抗者，它的文本意義從未被定性，它是一個未完成的啟示性結構，因此每個時代不同地域的藝術創作主體，皆可將他們對於世界的看法凝聚在這個故事之中，面對不同文化、性別、知識背景與生活體驗的作家，白蛇傳永遠都有演奏不完的弦外之音。

時代狂潮中飄蕩的靈魂

——章太炎在臺灣

一、從「格政」到「革命」

清光緒乙未年（一八九五年），清廷與日本簽定馬關條約，將臺灣割讓日本。作為中國通往南洋門戶的臺灣，素以富饒著稱，文教振興，士民愛君親上，急公好義。一旦讓予日本，列強群起效尤瓜分中國之日不遠，梁啟超在《戊戌政變記》中說：「吾國四十年大夢之喚醒，實自甲午戰敗，割臺灣償二百兆以後始也。」（梁啟超，1965）足見乙未割臺對晚清以降中國政治運動影響，而往後的戊戌政變，乃至辛亥革命，都直接或間接受此影響。許多近代中國知識分子無論是維新或革命派志士，均曾踏足臺灣，輾轉進入日本，以完成他們對當時的文化想像與國族建構的重新省思。

自一八九五年馬關割臺至一九一五年西來庵事件止，臺灣社會受世界思潮激盪，同時武裝抗日也逐漸轉化為一連串具有政治意義的反殖民運動，以及帶有批評舊制意義的啟蒙運動。臺灣正式成立民主國的時刻，大陸經歷了戊戌政變。百日維新的失敗，使清廷的腐敗暴露無遺，維新人士避地臺灣、潛往日本。從臺灣到日本的出走路線引領當時維新人士認識民主與憲政，建立近代民族國家新觀念，從「革政」走向「革命」的道路。此間章太炎是值得考察的對象。由於章氏留臺時間有六個月之長，發表詩文逾五十篇，因此近

代知識分子從中國經臺灣到日本，再回到中國，他們心中傳統帝制氏的儒學權威與政治思想便逐漸轉化為「與君為讎，非與民為敵」（譚嗣同，1981）之近代國家新主張。

二、章太炎與「臺灣日日新報」

一八九五年，中日甲午戰爭之後，臺灣被割、遼東被占，賠銀二萬萬兩，國家危機深重，章太炎決定走出書齋，於一九九七年一月從浙江餘杭倉前鎮前往維新派的溫床——上海，並於當時影響力最大的刊物——《時務報》擔任編輯。

在學術上，章太炎與康有為、梁啟超「輒如冰火」，章太炎師從古文經學派，他早期認同康、梁的改革思想，但是在學術研究中卻和今文經學派的康、梁產生理論上的差異，然而在政治上，太炎和康、梁於政變前所倡導的變法維新，則屬一致。一八九八年（光緒二十六年，明治三十一年）新政風雲突變，九月二十三日，光緒帝被囚，兩太后垂簾，康有為、梁啟超出逃，清廷下「鉤黨令」，白色恐怖自北傳來：「各處封禁報館，捕拿主筆者」，章太炎曾經主筆許多維新派刊物，並參與「強學會」，故亦將身在逃。他回憶道：

> 康、梁事敗，長江一帶通緝多人，余名亦在其內，乃避地臺灣。（朱希祖，1936）

> 直富有票舉兵，余與人多往復，為有司所牽，遯而至臺灣。（章太炎〈臺灣通史題詞〉）

在日本友人山根虎雄的邀請下，章太炎攜妻女於一八九八年十一月底離開上海，十二月四日抵達臺北。當時臺灣總督為兒玉源太

郎，後藤新平擔任民政長官輔佐之。兩人皆精通漢學，能漢詩，兒玉別號藤園，後藤別號棲霞。當時後藤為統一輿論，將兩大報合併為《臺灣日日新報》，以後藤的心腹守屋善兵衛為社長，木下新三郎（別號大東）為報社主筆。太炎抵臺後，得駐滬日本領事的介紹，民政長官後藤新平委他充任《臺灣日日新報》記者，名為記者，實際上是擔任漢文版的特約撰述人。當時漢文版的主任為日本人，亦精通漢詩文。

《臺灣日日新報》為一八九八年五月一日將《臺灣新報》與《臺灣日報》合併。報紙是現代化社會的重要傳媒之一，臺灣第一份報紙是一八八五年英國長老教會牧師巴克萊以閩南語羅馬拼音於臺灣發行的《臺灣府城教會報》，第一份中文報紙是同年劉銘傳任臺灣巡府，仿《京報》在臺發行的《邸抄》。

一八九五年，明治二十八年，日人佔據臺灣，翌年六月十七日，退職官吏田川大吉郎在臺北發行《臺灣新報》，創刊之始，每週發行一至兩次，同年七月八日，臺灣總督府規定有關行政司法命令暫由該報發表公布，至遲於同年十一月已改為日報，此為日據時代臺灣最初的報紙。

一八九七年五月八日，山下秀實以名漢學家內藤湖南為主筆，在臺北創刊《臺灣日報》，並與《臺灣新報》針鋒相對，互相攻訐。

一八九八年五月一日，上述兩報廢刊，合併為《臺灣日日新報》，社長是守屋善兵衛，主筆是前《臺灣新報》社長木下新三郎。該報除臺北總社外，尚有東京、大阪、基隆、宜蘭、新竹、臺中、嘉義、臺南、高雄、屏東、花蓮等十一分社，組織相當龐大，設備亦頗具規模計有高速輪轉機、輪轉機、平盤、維多利雅式印刷機、石印機、石版手搖機、自動活字鑄造機，以及製本用機械、電氣版、照相製版等設備。

當時日報分晨刊及晚刊，晨刊篇幅為對開一至二大張，晚刊是一大張，早晚消息頗迅，文字以日文為主，約占總篇幅的四分之三，四分之一為中文版。該報於一九四四年三月十三日廢除晚刊，四月一日與全臺其他五家報紙合併，改為《臺灣新報》報址仍設在《臺灣日日新報》原址。在此之前是當時臺灣六家報紙中，唯一為正式公認的臺灣總督府機關報。這份總督府機關報紙，光復後為「臺灣新生報」所接收，只是當時的發行所並非在今天新生報的社址，而是在臺北市榮町四丁目三十二番地，即前稱新起街的長沙街二段，現在的新生報社址（衡陽路）為後來臺灣日日新報社擴大後的社址。章太炎於一八九八年十二月四日抵臺北，十二月九日《臺灣日日新報》載：

> 此次本社添聘浙江文人章炳麟，字枚叔經於一昨日從上海買棹安抵臺灣，現已入社頓寓廬矣。

章太炎住在大理街附近的周厝，即廣州街一二三號，此屋後為書畫鑑賞家黃傳祿所有。一九四五年十月臺灣省行政長官公署接管《臺灣新報》，改名為《臺灣新生報》，隸屬公署宣傳委員會，社長李萬居、中文編輯黎烈文、日文編輯吳金鍊，此為光復後臺灣第一家報紙，有半版日文，舊社址在今長沙街，新社址則遷至今延平南路與衡陽路上，太炎旅臺期間，則是住在今廣州街。章太炎並不常至報社，祇在家中撰述文稿，送付刊載。他的文章艱深異常，生典熟典，生字假字，時相混用。木下主筆，一日見他在閱報，走向前，令一懂得滬語的記者，為他翻譯。笑問說：「先生！你所撰論說，是要自解而自讀的，還是要給一般共讀而俱解的呢？」太炎竟不答他，而離席借一枝筆，書曰：「世人之知不知，解不解，我可管不

著。我只患吾文之不善，苟文善，會尚有人知之者，請勿問。」（文瀾，1952）章太炎秉持文復先秦的傳統，將其所欲改善社會、改善世界之意圖以其慣用的古文形式表現，雖然他的文體與內容在於傳達動盪時代中個人面對社會現實與關心民生疾苦的強烈願望，然而他所呈現的文體形式和刊載其作品的媒體（報紙）之間產生顯著的衝突。他的文章在一般閱報大眾眼中是過於艱深的古文，因此，儘管他有積極與外界社會溝通的意願，然而他的社論卻與當時報社乃至一般社會人士的需求有所阻隔，他的文學影響力也就因而受限。

章太炎在戊戌政變後來到臺灣，當時他的思想正由維新走向革命，他從日本、支那、滿洲三分的觀念去思索新的國族意義，並以光復漢族為職志，故時借《臺灣日日新報》來抨擊滿清政府、鼓吹革政。後來涉及日本之治臺政策，後藤愛他的才華文采，並不深責，只對該報社長守屋善兵衛說：「太炎的文章雖好，但要多加注意，不宜來稿就刊，以致鬧出大笑話！」後藤所指的笑話，自然是指章太炎在日本報上對日人的治臺政策發表的不滿甚至於攻擊，而他亦每每如此以至完全不顧自己所居何處、所任何職。後來他撰寫抨擊日本官僚擅作威福、壓制臺人的文章果被報社一時不察而登出。守屋社長大受督府斥責，悻悻地回到報社，令工人去喚。章太炎寫一張條子，令人送交守屋。書曰：「何不喚守屋來？他不知士前為慕勢，王前為趨士者乎？」守屋閱罷，怒不可遏，親到編輯局，咆哮面責他「傲慢無禮」、「不解事理」，並趨趕他：「其無意於寓臺，且無心於在本報操觚者乎？如其然，可罷職去！」守屋出編輯室後，章太炎曰：「名善兵衛，竟是惡兵衛，禮貌衰則去之，何用逐？」（黃玉齋〈章太炎與本市操觚界〉）

　　據謝雪漁先生的回憶，章太炎旅臺時，「或有不知道章先生的博學。……同事中有李逸濤先生年紀較輕，與章先生最為友善。一日，章先生到逸濤先生家中看見逸濤先生正在讀《漢書》，章先生詢問何以到了這樣大的年紀才讀《漢書》呢？章先生自謂他的童年早已讀完。不信的話，不論何段他都能夠背寫出來的。即刻由逸濤先生指定何篇，章先生執筆寫了二百餘字與原書的校對一字無誤。因此，逸濤先生對章先生更加敬佩。」章太炎深厚的國學根基與對日治下的臺籍士子所產生的影響，可於此事中想見。

　　章太炎來臺之初，《臺灣日日新報‧漢文版》介紹他的學說是繼承浙江三大儒：俞樾、黃以周、孫詒讓的學說。既為樸學大師之後，觀其文可知他對語言文字有精深獨到的鑽研。據陳潤庵說，臺灣記者同時也是小說作家李書，字逸濤有一部《說文》抄本，是太炎寓臺中給他的手稿。可惜逸濤逝後，不知道失於何處。否則這將是章太炎留在臺灣的重要文墨。此外，章太炎臨別臺北時，曾為報社一位日籍記者作書寫了一幅扇面，這個扇面直到一九三六年章太炎逝世時，由這位記者提出，加以製版登諸《臺灣日日新報》，供讀者憑弔。扇面上的作品是章氏的舊作〈臺島躅查實記序〉，文後說明寫作時間：「時孔子降生二千四百五十年，支那章炳麟書於臺北旅邸。」章太炎以孔子誕辰作為紀年，到日本後，他的演說及其日後所著《國故論衡》，書中力倡將中國文學的觀念及分類回歸到先秦時代，乃至章太炎在往後政治立場上將支那與滿洲二分，亟言反滿與革命的目的在於回復中國傳統文化。而這樣的文學乃至政治理念在他旅臺時期的文章中，已顯露端倪。

　　臺灣，既作為章太炎「排滿」論述的發源地，亦成為他早期思想從維新走向革政，甚至萌生革命意識的轉折地。同時，臺灣也是章太炎接觸西方近代民族國家與民主、憲政制度的第一扇窗口。因

而章氏寓臺期間的文章及書信，基本上可以反映出他早年的政治思想以及學術發展的面貌。

三、臺灣的歸屬

鴉片戰爭之後，魏源即提出一個新的中華世界秩序：「中國山川兩幹，北盡朝鮮、日本，南盡臺灣、琉球。」（魏源《聖武記》）在這個共存關係的論述中，中國人初步修改了傳統的華夏與蠻夷二元對立的觀念。甲午一戰，日本展現了躋身近代主權國家的實力，此時章太炎通過老莊「無為而治」的政治理想來理解日本天皇的君主形象，由於新的王權觀念形成，於是在他的思想中，進一步離棄了滿洲王朝所象徵的舊有體制。

戊戌變法失敗後，章太炎流亡臺灣。一八九九年元月五日在《臺灣日日新報》上的「元旦論說」專欄中發表了一篇〈正疆論〉，文中自鄭成功逐荷蘭人而抗清的史實談起，並提出臺灣的歸屬問題。他說：

> 臺灣一隅，其當為日本、支那聯邦之地。

此處「聯邦」構想的提出，可視為魏源言論的進一步發展。他們的論述可說是將傳統的種族主義觀念擴大，以黃種人對抗近代以來入侵亞洲的白種人。而當時章太炎分析臺灣之於日本與中國的關係分別是：

> 鄭氏之得臺灣也，與日本同；而滿洲之盜臺灣也，與荷蘭同。

亦即在臺灣這塊土地上，日本趕走滿洲人，猶如鄭氏趕走荷蘭人。因此臺灣的歸屬應該是：「歸於日本誠不若歸於支那，而歸於

滿洲則無寧歸於日本。」他並不認為滿洲即是支那，而臺灣不僅應與支那、日本形成聯邦，同時應該視滿洲為「枕戈之讎也」。環繞在臺灣歸屬問題的分析上，章炳麟發展出他的新的東亞世界秩序，以作為反滿的立論依據。

章太炎在臺灣觀察整個亞東的國際局勢：

> 今夫日本把關之盟能得志于臺灣，而不能得志于遼東，何者？如駕長轂矣，雖有筆策，不可以及駿驪之腹，而及之者其脊也。俄之于南北，譬則臺灣腹而遼東脊也。日本割之，譬則臺灣脊而遼東腹也。且庫頁既失韓之巨文，英無勁旅巨文島曾割隸英國，漢陽士大夫其冥頑矜驕與滿蒙相長弟，今雖以帝號繼三統，而俄患暫弭，終亦附庸於俄。俄有韓則勃澥斷而箕尾絕，禍且及日本，北海雖完，亦僅足自衛。其不能以長鈹彈丸暢威于寒帶可知也。夫日本不北征而支那且不能撫河朔，雖有令主以從親，相約亞東之威必不出南部矣。
> （章太炎〈論亞東三十年中之情勢〉）

經過戊戌變法的失敗，章太炎反清的思想更加明顯和強烈。他在文中抨擊清朝政府親俄的賣國政策，並指出如此必導致中國北方自東至西均淪喪於俄國，不僅貽害北方，也將危及全國。而清朝所以奉行此政策，足見清政府的愚劣。於是不久後他撰述〈客帝論〉，並陸續在臺發表他的「反滿」思想。

太炎旅臺期間，曾與滬上汪康年書信往返，談及寓臺情況。他以為在臺灣這個充滿英雄事跡的海島，應有「遺民舊德」之風，沒想到遍尋「千萬不可得一二」。文中章氏並未深談他所謂「遺民舊德」者為何？然而此時期章太炎的思想仍未完全放棄儒家文化中

「使人民致死以禦外侮」的觀念，因此他特別提及鄭成功的事蹟。日本人於一八九五年以武力取得臺灣後，首任總督樺山資紀隨及派兵南下鎮壓各地的反抗官民，同年創設芝山岩學堂，開辦日本教育，翌年改延平郡王祠為「開山神社」。對此，章太炎撰寫〈臺灣祀鄭延平議〉於一八九九年二月十六日的《臺灣日日新報》，主張臺人繼續祭拜鄭成功，以表彰他的志節雄略，同時也是發揚漢民族之遺民舊德，他說：

> 延平當永曆之亡，猶奉其年後，握璽勿墜，未嘗以島國之主自輿。……寢廟之設，乃閒見于臺南里設祠杓農牧奔走不足以稱盛德，愚以政府宜為建祠立之主祏，無為偶像，使有司主其祭，以章志節雄略之士及因國之無主後者謹議。

面對先賢，他誦揚延平郡王的節操；在後生晚輩中，他特別屬意連雅堂，認為他具有舊德遺民之風骨，故特為《臺灣通史題詞》：

> 臺灣故國也，其於中國，視朝鮮、安南為親。

> 臺灣在明時，無過海中一浮島，日本荷蘭更相奪攘，亦但羈縻不絕而已，未足云建置也，自鄭氏受封，開府其地，子遺士女，輻湊於赤崁，銳師精甲，環列而守，為恢復中原根本，然後屹然成巨鎮焉。

他將鄭成功的民族主義精神與臺灣人開發建設臺灣的勤勞勇敢合而觀之，並將《臺灣通史》視為此一精神與實踐的抒懷：

> 偉哉，鄭延平之啟臺灣也，以不毛之地，新造之國，而抗強胡百萬之眾，至今遂為海中奧區焉。

> 披荊棘，立城邑，於三百年之上，使後世猶能興起而誦說之
> 者，其烈蓋可忽乎哉？雅堂之書，亦於是為臺灣重也。(《章
> 太炎全集五太炎文錄續編卷二之下》)

　　章太炎旅臺期間有詩三首，於一九二四年與其他後作共十二首，發表於連雅堂主編之《臺灣詩薈》第十三號，連雅堂特為此十三首詩撰寫〈跋語〉，文中歎道：「嗚呼！中原俶擾，大道晦冥，願先生善保玉體，俾壽而康，以發揚文運，此則不佞之所禱也。海雲千里，無任依依。」章氏認為在日本人的高壓統治下，多數臺灣人身上已難看出漢族遺民之風。當他進入臺灣後，在面臨中、日、臺關係的問題思考，同時他在臺灣這個特殊的歷史時空中，亦必須面對此間的國族交錯問題。他在詩文中上溯一六六二年鄭成功驅逐荷蘭人，據臺抗清，下繫連雅堂撰《臺灣通史》有「《華陽國志》之例」，表彰連氏作通史旨在追尋建置臺灣的源頭，用意在於鼓勵異族統治下的臺人，勿忘先人遺風。他的議論在反滿的前題下，所規劃出來的東亞秩序便是使臺灣與中、日聯邦以讎滿。

　　戊戌維新之前，章太炎在上海編《經世報》的時候，他還自稱「浙人」，彼時他的近代國家觀念還未形成。及至來到臺灣，通過日本人的的角度來看中國人，「支那」的觀點才慢慢成形。章太炎以他的臺灣經驗意識到以聯邦的模式可取代傳統的華夷秩序。楊際開在討論〈章炳麟為什麼要反滿？〉時有如下的說明：

> 太炎進入臺灣以後，經歷了選擇國籍的心理格鬥，他身處在
> 兩個組織原理相對立的國家之間，而從倫理觀念的轉變上選
> 擇了反滿的道路。

　　此時章太炎意識到臺灣亦是作為華夷秩序轉向聯邦模式的關鍵，聯邦的概念不僅修改了傳統的夷夏之辨，同時也是對近代殖民

主義的反抗。章太炎認為中國必須學習日本以走向近代國家的道路，到那時，身為支那人即等同於日本人民一樣是共和國裡，普遍而無為的王權底下的國民。這樣的國民與國家是摒棄了滿洲王朝舊有體制後才能達到的成就。所以他說：

> 以支那與日本較，則吾親支那；以日本與滿洲較，則吾寧親日本。（〈正疆論〉）

欲達成與日本人同樣地成為共和國之國民的目的，革命遂成為必要的手段。臺灣的生活經驗及此間他對國際情勢的觀察是章太炎革命意識萌發不可或缺的階段。而他從「維新」轉向「革命」之前，在臺灣發表的〈客帝〉與〈分鎮〉二文正是一段為革命思想鋪路的準備期與轉折期。

四、思想的轉折

章太炎旅臺期間，將已刊新撰諸文匯成《訄書》原刻本，中以〈客帝〉與〈分鎮〉兩篇最可看出章氏思想的演變之跡。章氏於一八九九年三月十九日於《臺灣日日新報》上發表〈客帝論〉一文，不久後又以「臺灣旅客來稿」為署名，將此文刊登在日本《清議報》上。文中章氏解析：

> 客帝者何也？曰：滿洲之主震旦是也。夫整軍之將，司稅之吏，一切假客卿於歐美，則以雞林鞨鞨之賓旅，中國也何損？知是逐滿之論殆可以息矣。
>
> 昔者《春秋》以元統天，而以春王為文王。文王孰謂？則王

愆期以為仲尼是己。

支那之共主，非仲尼之世冑則誰乎？

這裡的言論與康有為的「紀孔」主張一致。然而接下來他揭發清政府對外的諂媚，對國內各族人民的殘酷剝削，因而提出：

逐加於滿人，而地割於白人，以為神州大詬。

章太炎認為滿洲人入主中國，是為「客帝」，而中國的共主應該是孔子。滿洲皇朝若能承認過去對國內其他各民族壓迫的錯誤，擁護孔子為中國之「虛君」，則國人排滿情緒方可稍息。因此綜觀〈客帝〉一文，雖在「紀孔」方面提到《中侯》與《春秋繁露》顯受康、梁影響，然而在「保皇」方面，卻已與康、梁分道揚鑣。

另外在〈分鎮〉一文中，章太炎表達了他面對民族危機、清政府腐敗無能而提出的改革思想。在維新運動失敗後，他將希望寄託在少數漢族的地方督撫身上。政變失利之際，「猶賴有數鎮稍自奮厲，是以扶危而定傾」，他並且舉日本明治維新為例：

若皇德貞觀，廓夷舊章，示民版法，陶冶天下，而歸之一憲，藩鎮將奔走趨令，如日本之薩、長二藩，始於建功，而終於納土，何患自擅。

此時他期盼由漢族地方督撫的「借權」來完成「尊攘」大業，因此在一八九八至一九○○年之間，章太炎曾兩度上書李鴻章，直到六月庚子拳亂暴發，他才放棄藩鎮而全面投入革命的志業。從一八九七年章太炎初去上海接觸康有為的變法思想起，他的政論文章

採取與康、梁改革思想一致的步調。他深入研究中國歷史上的種族、職官、語言文字、風俗習慣以及學術流變。一八九八年撰寫〈客帝〉，此時尚未全盤接受逐滿的革命理論，因為他長期出入儒學典籍，一時未能放棄儒家的倫理與世界觀，亦即孔丘以來所締造的文化架構，而此架構的延續仍需以歷代帝王為中心以為政治制度的支柱。然而一八九九年章太炎提出〈分鎮〉的構想，基本上則可視為上述帝制式的儒學架構在其心中瓦解。同時也是章太炎眼看八國聯軍進攻國門，憤而「斷髮易服」的前奏。沒有從〈客帝〉到〈分鎮〉的轉折，章太炎不能在短短三年半的時間，由維新走向革命。此間臺灣生活對他的意義在於初步構思近代國家的體制，並用以揚棄華夷傳統秩序。在重新思考以民主、聯邦的方式整合東亞世界秩序時，臺灣是促使他積極展開國際觀考察的前哨站。

　　章太炎留臺期間的詩文，除少數幾篇文章載於《清議報》，或收錄於《照井氏遺書》、《拙存園叢稿》，以及《訄書》原刻本外，大都發表於《臺灣日日新報》。他赴臺之後即駐該報，離臺當天，報上還刊登他的詩，《臺灣日日新報》可說是研究章太炎在臺期間活動的重要依據。

　　從報上刊載之章氏諸文看來，臺灣自甲午戰後，淪為日本帝國主義殖民地的生活處境，是他最關注的焦點。他說臺灣是閩南最大島嶼，也是東南亞最富饒的地區，「天下稱其膏腴，惜乎瀕於仆遫之野」（章太炎，〈刻包氏齊民四術第二十五卷序〉，1899），臺灣的物資不匱，物價亦高於上海好幾倍：「各物踴貴，幾倍滬上」，所以臺灣人大都「呰窳耕漁梓匠，一切厭為」（章太炎，〈致汪康年書〉）。他認為臺灣人應學習西文，講求農學。他到臺北不久即看出此處：「出郭即淡水港，何患無魚」，宜「自開池沼」，「垂綸漁釣」（章太炎〈諄勸垂綸〉），稍微忍受勞苦，即可改善生活。又鼓勵臺灣設藏

書樓，而且兼收中文及日語書，這樣做可以配合當時臺灣本土的實際情況，是針對民間需要的務實做法。（章太炎〈臺灣設藏書議〉）在教育方面，他觀察日文教育只是「徒從事口耳瓻牘之間而勿覃思」（章太炎〈論學校不能專校語言文字〉）民眾僅習其文，不釋其義，所以並未深入語言文字的涵蘊。他居臺僅僅半載的時間，即能如此廣泛地考察風土民情，並積極表達對於民生問題的關懷，這一方面同時也呼應了他對於臺人殷切的期望：「臺民之猛晉逮群，異時必有超異乎大陸者。」（章太炎〈臺灣設藏書議〉）

當臺中發生大地震時，他也立即撰文於報刊，以科學觀點消弭民間對於災異讖緯的道聽途說：

> 今臺中地震，道路傳言又以為震于冬者不崇朝而有兵禍。……夫彗之附日也，其周雖有遲速，其軌道雖有遠近，然三百行星之民，大自海王，細至虹女、簫女之屬，皆有時見之，其不能常為兵禍，亦不專為禍于東亞也明矣。地震雖一隅，其端則由伏火大地之始，若丸炭而熾久之，乃為暈火，而象壞蔽其上，然遺熱，故在灼陽崩裂，甚則為火山，而少衰為地震，彼溫泉者，亦火山之屬也，人固樂其溫泉而憎火山地震矣，使天果欲以火山地震示禍於人，則曷為又以溫泉媚之？（章太炎〈人定論〉）

文中章太炎適切地選擇以現實感較強，同時也對自然現象有客觀認識的先秦大儒荀子，作為觀察臺灣風土的理論基礎，他將已刊、新撰各文，匯成《訄言》，這是他最早的論政、論學結集。這段時期，他對於維新改革有了新的看法，所以他以〈尊荀〉作為《訄言》首篇，旨在講因革損益的道理：

> 古也者，近古也，可因者也。……或益而宜，或損而宜，損
> 益日變，因之日不變，仲尼、荀卿之於周法視此矣。

　　章太炎指出強烈的地震崩崖折棟，使人聳懼，這的確是一大憂患，但是卻不可將此等天災比附於政治問題。他引用荀子對自然的看法說明，日月之有缺蝕，風吹雨打之不定時，星象之偶然變化，這些是每一個世代都會出現的自然現象。而自然災異，若「上明而政平，雖並起而無傷」；若「上闇而政險，雖無一至無益」。他因為看到臺人俱驚聳於大地震，以至於以訛傳訛，道聽途說，因此即時撰寫〈人定論〉，以科學的角度，人文的眼光制止謠言。

　　章太炎旅臺期間，從發表在《臺灣日日新報》的詩文如：〈祭維新六賢文〉、〈書清國慈禧太后事〉等篇中，可以清楚地看出他對戊戌政變的惋惜，對維新人士流亡有同情的理解，並對慈禧太后及破壞維新運動的清朝官員，乃至滿洲貴族對中國的統治表達明確的仇恨之意。

　　政變後，他的民族主義思想的孕育比政變前較長，同時他的「革政」思想亦較政變前所有發展。首先他認為外患的逼迫，使得國勢日非，其中最險惡的算是侵占旅順、大連等滿洲故土的帝俄，可是以慈禧為首的清政府卻採取親俄的政策，這是有識之士不得不「革政」的原因。

　　他在《臺灣日日新報》上撰述許多「反滿」的言論，對於滿清貴族在政治上的腐朽與對民間經濟的榨取，亦多有披露。總體而言，他的反滿是基於民族意識的覺醒，而他的民族意識無疑是旅臺期間，思索臺灣的處境與中、日、臺三方關係下所得到的啟發。儘管政變後章太炎對於孫中山發動的起義仍有所懷疑，一旦離臺赴日，與孫中山會晤，立即承認他的「卓識」，此與在臺半年，對國

際局勢與中國問題的觀察和了解有密切關聯。他對於臺灣民生問題及國際間處境的關懷，亦可視為近代知識份子普遍的道德省思與存在使命。章太炎以傳統經學省視臺灣歸屬，而寓臺經驗也同樣在他的學術研究中產生了一定的影響。

國家圖書館出版品預行編目

篇篇起舞：文學／文化評論／朱嘉雯著. -- 一
版. -- 臺北市：秀威資訊科技, 2009. 10
面；　公分. -- (語言文學類；PG0290)
BOD 版
ISBN 978-986-221-301-8 (平裝)

1. 文學評論　2. 文化評論
812　　　　　　　　　　　　　　98017450

語言文學類　PG0290

篇篇起舞
——文學／文化評論

作　　者／朱嘉雯
主　　編／蔡登山
發 行 人／宋政坤
執行編輯／林世玲
圖文排版／蘇書蓉
封面設計／蕭玉蘋
數位轉譯／徐真玉　沈裕閔
圖書銷售／林怡君
法律顧問／毛國樑　律師
出版發行／秀威資訊科技股份有限公司
　　　　　台北市內湖區瑞光路 583 巷 25 號 1 樓
　　　　　電話：02-2657-9211　　　傳真：02-2657-9106
　　　　　E-mail：service@showwe.com.tw

2009 年 10 月 BOD 一版
定價：180 元

讀者回函卡

感謝您購買本書，為提升服務品質，請填妥以下資料，將讀者回函卡直接寄回或傳真本公司，收到您的寶貴意見後，我們會收藏記錄及檢討，謝謝！如您需要了解本公司最新出版書目、購書優惠或企劃活動，歡迎您上網查詢或下載相關資料：http:// www.showwe.com.tw

您購買的書名：_____

出生日期：_____年_____月_____日

學歷：□高中 (含) 以下　　□大專　　□研究所 (含) 以上

職業：□製造業　□金融業　□資訊業　□軍警　□傳播業　□自由業

　　　□服務業　□公務員　□教職　　□學生　□家管　　□其它_____

購書地點：□網路書店　□實體書店　□書展　□郵購　□贈閱　□其他

您從何得知本書的消息？

　□網路書店　□實體書店　□網路搜尋　□電子報　□書訊　□雜誌

　□傳播媒體　□親友推薦　□網站推薦　□部落格　□其他_____

您對本書的評價：(請填代號　1.非常滿意　2.滿意　3.尚可　4.再改進)

　封面設計____　版面編排____　內容____　文／譯筆____　價格____

讀完書後您覺得：

　□很有收穫　□有收穫　□收穫不多　□沒收穫

對我們的建議：_____

_____

_____

_____

11466
台北市內湖區瑞光路 76 巷 65 號 1 樓

秀威資訊科技股份有限公司　　　收
　　　　　　　　BOD 數位出版事業部

⋯⋯⋯⋯⋯⋯⋯⋯⋯⋯⋯⋯⋯⋯⋯⋯⋯⋯⋯⋯⋯⋯⋯⋯⋯⋯⋯⋯⋯

（請沿線對折寄回，謝謝！）

姓　　名：＿＿＿＿＿＿＿＿　年齡：＿＿＿＿　性別：□女　□男

郵遞區號：□□□□□

地　　址：＿＿＿＿＿＿＿＿＿＿＿＿＿＿＿＿＿＿＿＿＿＿＿＿

聯絡電話：(日)＿＿＿＿＿＿＿＿＿　(夜)＿＿＿＿＿＿＿＿＿

E-mail：＿＿＿＿＿＿＿＿＿＿＿＿＿＿＿＿＿＿＿＿＿＿＿＿